兔子坡

【美】罗伯特·罗素◎著

萧然 邓琳◎译

江西高校出版社

JIANGXI UNIVERSITIES AND COLLEGES PRESS

图书在版编目（CIP）数据

兔子坡 /（美）罗素著；萧然，邓琳译 . —南昌：江西高校
出版社，2016.3（2020.6 重印）

（国际大奖动物小说）

ISBN 978-7-5493-4148-1

Ⅰ.①兔… Ⅱ.①罗… ②萧… ③邓… Ⅲ.①童话-
美国-现代 Ⅳ.①I712.88

中国版本图书馆 CIP 数据核字（2016）第 053196 号

责任编辑　敖　萌
装帧设计　罗俊南

出 版 发 行	江西高校出版社	
社 　 　 址	江西省南昌市洪都北大道 96 号	
编 辑 电 话	（0791）88170528	
销 售 电 话	（0791）88170198	
网 　 　 址	www.juacp.com	
印 　 　 刷	湖南锦泰数字印刷有限公司	
经 　 　 销	各地新华书店	
开 　 　 本	787mm×1092mm　1/16	
印 　 　 张	7	
字 　 　 数	65 千字	
版 　 　 次	2016 年 3 月第 1 版	
	2020 年 6 月第 3 次印刷	
书 　 　 号	ISBN 978-7-5493-4148-1	
定 　 　 价	21.00 元	

赣版权登字 -07-2016-108

目 录
contents

第一章

一　新邻居要搬来了

整个兔子坡都沸腾起来了，像炸开了锅似的，兔子坡上的小动物们正在兴高采烈地谈论着一个大新闻。一时间，到处都在重复着同一句话："有新的邻居要搬来啦！"

小乔治一边跑，一边翻着跟头，一溜烟儿就跑到了兔子洞外，他气喘吁吁地向爸爸妈妈喊道："兔子坡有新邻居要搬来啦，爸爸妈妈，新的邻居就

要住进大房子里啦。"

兔妈妈搅拌着一锅稀汤，听到这个消息后抬起头来说道："是啊，兔子坡很久没有新邻居搬来了，该是时候了。我真希望他们是会种地的勤劳人，不要像之前的邻居那样懒惰。这里已经有三年没有搬来新邻居了，开发出来的菜园几乎没人播种，去年，菜园里的菜根本就不够大家吃一整个冬天。如果他们又是不会种地的邻居，我真是不知道今年该怎么度过冬天。真是的！食物越来越稀缺了，除了十字路口的胖大叔那里，别的地方都已经找不到新鲜的蔬菜了。但是，到他那里，一去一回要穿越两次黑暗的道路，太危险了！我真是不知道该怎么办了，真不知道——"兔妈妈看起来非常担心。

"亲爱的，"兔爸爸赶紧说道，"试着乐观点儿吧！小乔治说的这个消息，可能意味着我们这个地区的物产将会变得丰富起来呢！别担心，我出去到其他邻居那儿打听一下，看看这个消息到底是不是真的。"兔爸爸是个来自南部的绅士，说起话来总是那么柔和。

兔爸爸独自小心翼翼地走过荒废已久的园子，来到大房子前。大房子孤零零地伫立在黑暗孤寂的黄昏中，若隐若现，看起来真有一点恐怖，窗户里没有透出半点灯光，看来还没有人住进来。屋顶的瓦片有一部分已经腐朽破碎了，窗帘也都皱巴巴地飘荡着。小路和停车坪上都长满了干枯的杂草，当风吹过的时候，就会有沙沙的声音传出来。现在春天已经来到了，世间万物复苏，处处都是一片

生机勃勃的景象，对比之下，这栋房子显得更加阴森吓人了。

兔爸爸又回忆起了以前，那个时候，兔子坡上的一切事物都那么美好，和现在完全是天壤之别。山坡上大片大片连绵起伏的草场，茂盛得就像是一块厚厚的地毯，看起来诱人极了。菜园子里的蔬菜也很丰富，他和兔妈妈、孩子们过着幸福的生活，所有的小动物都生活得非常舒适。

那个时候，住在大房子里的邻居是一家非常善良的人，孩子们也都很好相处，他们时常在晚上和小动物们一起玩捉迷藏，当他们

看到鼬鼠妈妈带着小鼬鼠们排着队经过的时候，就会开心地尖叫起来。房子里还有一位成员，那是一条胖嘟嘟的老母狗，她经常喜欢跟土拨鼠们争吵，但是从来都不会伤害任何人。事实上，她有一次还捡到了一只迷路的小狐狸，就带回家细心地照顾，就像是照料自己的孩子一样。兔爸爸想，那只小狐狸可能是他的好朋友福克西的叔叔，或者是他的爸爸吧。他想不起来了，感觉那是很久以前的事情。

不久之后，兔子坡的日子就变得糟糕起来了。善良的邻居一家搬走了，新搬进来的邻居非常尖酸刻薄，不仅好吃懒做，还自私吝蔷。草地上慢慢地被肆意生长的漆树、杨梅树和毒常春藤占满了，草坪不见了，菜园也没有了。终于，他们在去年秋天搬走了，只留下了这栋空荡荡、黑乎乎、脏兮兮的大房子，窗户都已经破烂不堪了，再也无法抵挡半点冬天的风雪。

兔爸爸穿过工具屋，过去这里是用来堆放一袋一袋种子的，掉落下来的种子可以喂饱很多饥饿的田鼠。不过这里已经空了很多年。一个个寒冷艰难的冬天过去了，食物早就被动物们吃得干干净净了，如今再也找不到一丁点儿，再也没有小动物来这里了。

土拨鼠百奇站在草堆的一边，非常饥饿地在一堆杂乱的干草中搜寻着食物。他的皮毛像是被什么虫子咬过，看起来瘦弱不堪，和去年那个走起路来摇摇晃晃，冬眠的时候需要非常用力才能把自己强行塞进洞里的胖胖的百奇完全不一样了。现在的他正试着掩饰自己的失落，每吃一口东西就抬头看看四周，然后抱怨一下，再吃下一口。他小声地抱怨着："看看这些草堆啊！看看——咕噜咕噜——上面的树叶——咕噜咕噜——除了杂草以外什么都没有，我怎么可能胖起来——咕噜咕噜——幸好有新的人家就要搬来了。"

兔爸爸走上前去和他打招呼，他才停下来，坐直了身体。

"晚上好，百奇！看见你真高兴。冬天过去了，相信你应该过得还好吧；现在春天来了，是恢复健康身体最好的时候，你看起来精神不错！"

"唔，"百奇嘟囔道，"我的身体还好，不过你看看，我是真的瘦了好多，每天就吃这些东西怎么可能胖呢？"他无奈地指着这片杂乱的干草，然后很不高兴地说道，"之前的邻居们真是太糟糕，太糟糕了！他们什么也不做，什么都不种，就那样懒惰地生活，从来不在乎其他人的感受。后来他们终于走了，真是太好了！听说马上又有新的邻居要搬来了，新邻居也该是这个时候搬来了。"

"这正是我想请教你的问题，"兔爸爸说，"我听到大家都在谈论新邻居搬来的事，我想问问你这消息到底是不是真的，有确切的证据证明我们的新邻居真的要搬来了，还是只是道听途说呢？"

"道听途说，道听途说？"百奇自己也有一点儿困惑了。他挠了挠耳朵，然后认真地思考了一下。"好吧，那我就告诉你。我听说两三天前房地产商带着一大队人来到大房子那里，在周围转来转去，又里里外外地仔细察看了一番。而且我听说比尔海奇，就是那个木匠，昨天他也来了，爬上屋顶敲敲打打，还在工具房和鸡舍里面都点了灯，然后在一张纸上算了又算，又拿张图纸画来画去。我还听说，那个老泥瓦匠路易·肯斯托克，他今天也来了！在那老旧的石头墙边转了半天，敲敲打打，也在纸上算着什么，还把坍塌的台阶修了修。而且，最重要的是，我还听说，"百奇向兔爸爸靠近了一点，用自己的小爪子敲了敲地面，"还有提姆，你知道的，就是住在路口的那个邻居，靠种地过活的那个。我听说他下午的时候来旧菜园看过，他看了看这儿的草场和北边的田地，然后也在算着什么。现在，你对这件事怎么看呢？"

"我觉得，"兔爸爸说道，"听起来这绝对是一件令人开心的好事啊！看起来，毫无疑问——新邻居真的要搬来啦！所有的迹象都表明他们是会种植的勤劳人，我想，他们会是一家很好相处的邻居。这可太好啦，我们可以和他们一起种东西了！这个时节草地上正适合种蓝草。"——兔爸爸是许多年前从南部的肯塔基州（又叫蓝草州）搬过来的，所以他很喜欢在谈话中提到蓝草，总把它挂在嘴边。

"可是，我在这儿生活得并不好，"百奇打断了兔爸爸的话，委屈地说道，"我在康涅狄格州生活得一点都不好。如果种植很大一片三叶草和猫尾草，我可以精心照顾它们，做着喜欢的事情，生活才会美好一点。嗯，要有一大片像样的猫尾草，还有三叶草，最好拥有一个属于自己的花园，那该多好啊！"他一边想一边说，眼里泛起了泪花。"现在要是有一些甜菜根，或者一些绿豆，配上一大口马鞭草就——"他无奈地看着让他绝望的现实，啃着干巴巴的杂草大哭起来。

兔爸爸继续散步，回想着刚才的谈话内容，毕竟过去几年的日子实在太艰难，现在看来，难熬的日子终于要过去了。这些年，兔子坡上的很多朋友都选择了搬走，不再留在这儿，年轻的孩子们一

第一章

结婚就去别的地方安家了，兔妈妈看起来也明显憔悴了很多，总是担心这担心那的。邻居的到来可能会为这里带来新的生机，他们的生活又可以像过去一样美好。

"晚上好，先生，祝您好运。"一只灰狐狸迎面走来，礼貌地问候道，"新邻居就要搬来了，我也听说了。"

"也同样祝你有一个美好的夜晚，先生。"兔爸爸回答道，"事情看起来都在朝着美好的方向发展。"

"我必须要说声谢谢，"灰狐狸继续说道，"感谢您昨天早上帮我赶走了那些狗，每次遇到他们，我真是不知道该怎么办，我昨天的状态也真是不好。您看，为了抓一只鸡做午餐，我要跑到很远的维斯顿路去，这儿的食物真的越来越少了，到那儿去又返回来，害我足足走了八千米啊！那只鸡真的是一个顽固难缠的老小姐，她真的很重，我在背着她回来的路上刚好遇到那些狗。他们突然蹦跳着扑过来，我那时真是半点力气也使不出来了，完全没有办法抵抗，幸好您出现了，很巧妙地对付了他们，真是非常非常感激您。"

"不用谢，小兄弟，别在意，千万不要放在心上。"兔爸爸回答道，"我非常喜欢跑到猎狗那儿去，然后把他们引出来，就像你了解的那样。你知道，以前在蓝草城的时候……"

"嗯，我知道。"灰狐狸好奇地问道，"那时候您是怎么做的呢？"

"噢，就是引着他们穿过布满荆棘的山谷，再穿过一片石南地，直到在吉姆的电网那儿把他们结束掉。他们真的挺笨，这样甚至都不太能称之为运动，非常低级。但是，这也不是闹着玩的事，并不是看上去那么简单，因为在蓝草城里的猎狗们都受过真正的训练。至于为什么，我仍旧记得……"

"嗯，我知道了。"灰狐狸马上说道，一边说一边走开了，最后回头笑道，"不管怎么说，还是非常感谢您。"

兔爸爸继续朝前走。

小灰松鼠正在四处挖来挖去，但是他越挖越感到绝望。他想不起自己到底把坚果埋在哪里了，尽管去年秋天也没什么东西可埋的。

"晚上好，先生，祝你好运。"兔爸爸主动打招呼道，"现在看起来，无论如何，你是最需要好运气的。"他一边看着忙着挖洞的松鼠，一边笑着说道："你的记性真是……唉，我不得不说，老伙计，你以前可不是这样的，现在怎么变得这么健忘啊？"

"我倒是觉得，我的记性从来没有好过。"松鼠长叹一口气，"从来都记不起东西放在了哪里。"他说完停下来休息了一下，朝着兔子坡那边张望。"不过，我却清楚地记得其他的事情，真的，亲爱的朋友。你还记得兔子坡过去那段美好的时光吗？那时候，这儿一直都是美好的，那一家很好的邻居还在这儿住着。圣诞节的时候，小孩子们帮我们准备了圣诞树，那棵树可真小啊，却被他们装饰得那么漂亮。他们在上面挂满了小彩灯，而且为你们兔子准备了胡萝卜、卷心菜和芹菜，还为小鸟们准备了种子和牛油（我过去喜欢蘸一点那个），还为我们松鼠准备了各种各样的坚果。这些东西都被漂漂亮亮地挂在树枝上，远远看着，就像长在枝头一样呢。"

"我当然记得了，"兔爸爸说，"那些美好的时光都深深地刻在我们的脑海中，我非常肯定这一点，我们都会一直记得的。让我们一起祈祷吧，抱着希望，相信新搬来的邻居，会把过去那些快乐的日子重新给我们带回来的。"

"有新邻居要搬来啦？"小松鼠赶紧追问道。

"大家都在议论这件事呢，而且最近发生的一些事情似乎都证实了这件事的真实性。"

"真是一件好事啊，"小松鼠说着，更加卖力地继续他的挖掘，

"我还没有听说过这个好消息，我近来一直都在忙着到处找东西。我现在的记性真是太差了——"

田鼠威利沿着鼹鼠挖好的地道一路飞奔到底，然后尖声大喊道："鼹鼠，快出来，有大新闻！鼹鼠，快出来啊，有好消息！"鼹鼠把沉重的头和肩膀挤出了地面，慢慢地把脸转向威利，他的眼睛什么也看不见，只是鼻子对着威利的方向努了努——

"好吧，威利，说吧。"他说道，"有什么大新闻让你这么兴奋？到底是什么好消息啊？"

"绝对是好消息，"威利上气不接下气地喘着气说道，"噢，你不知道吗？鼹鼠，这真是个非常令人兴奋的消息，每个人都在谈论——新的邻居要搬来了，鼹鼠，新的邻居就要搬来了！就住在那栋大房子里，新的邻居……大家都说他们是会种地的好人家呢，鼹鼠，这样看来，我们又可以在工具房里找到种子了，可能还会有小鸡饲料，它们会从地板缝隙里漏出来，绝对够我们美美地吃上一整个冬天。我们再也不用担心因为找不到食物而饿肚子了。而且他们的地下室会有炉子取暖，我们可以在墙边挖洞，这样家里就可以既温暖又舒适了。或许，他们还有可能会种一些郁金香呢。鼹鼠，你想，可能还会有一些绵枣和四萼齿草呢。如果现在能给我一根郁金香的根茎，还有什么比这更美好的呢？"

第一章

　　"噢，还是老一套的那些玩意。"鼹鼠略带不屑地轻笑道，"我都知道。我一直不停地在前面挖，你却只会沿着我挖好的路大摇大摆地穿行，然后轻松地找到郁金香的根茎填饱肚子。这对你来说真是再好不过了，但是我又能从中得到些什么呢？什么都没有，有时候还要受你的指责，难道这也能算得上美好？"

　　"为什么要这么说，鼹鼠？"威利听到之后，很受伤地说道，"为什么？你这么说太不公平了，真的是太不公平了。你知道我们一直都是好伙伴、好朋友啊，有什么东西都是一起分享的，一直都是这样的，难道不是吗？为什么你会这么说呢？鼹鼠，我真的很惊讶，你居然会说出这种话来。"他轻轻地抽泣了起来，看起来真的非常委屈。

鼹鼠看到威利这副模样，不禁笑了起来，伸出又宽又硬的手掌轻轻拍着威利的背，"好了！别这样，"他笑着说，"别这么敏感啊，真是小心眼，我只是跟你开个玩笑而已啦。你也不想想，我的生活里要是没有了你，还能好好地过下去吗？如果没有你，我都不知道该怎么继续生活下去了。没有你，我怎么知道最近发生了什么事呢？我还怎么看东西呢？当我要看什么东西的时候，我都是怎么说来着？"

威利赶紧把鼻涕擦干净，"你说：'威利，做我的眼睛吧。'"

"我就是那么说的。"鼹鼠贴心地说道，"我说：'威利，做我的眼睛吧。'你的确是我的眼睛。你告诉我每个东西长什么样子，有多大，是什么颜色。你的描述真的非常完美，没人能比你说得更好了。"

听到这些话，威利已经不那么伤心了，说道："是的，我的确告诉过你捕鼠夹的位置，是不是？还准确地告诉你哪里放了老鼠药，对吧！他们什么时候会割一次草，我都会告诉你。尽管已经很长一段时间没有人来割草了。"

"当然了，你都做到了，"鼹鼠笑道，"你一直做得很好。现在请把鼻涕擦干净，赶紧走吧！是时候准备我的晚餐了，这些天，这里的食物真的是越来越少了。"说完，他又钻回土里继续寻找食物了。

第二章

威利看着那片隆起的土堆慢慢地延伸到了草地，鼹鼠还在不停地挖着，土堆的尽头处随着他不断地挖动，越来越大。威利跳着蹦着，来到土堆的尽头，敲了敲地面，略带哭腔地说道："鼹鼠，当他们过来的时候，我仍旧是你的眼睛。我会说得很好，第一时间告诉你他们的样子。"

"你当然可以的。"鼹鼠的声音在土地里慢慢地变小了，逐渐模糊起来，"你当然可以了——如果你告诉我他们真的在这里种上一些郁金香，我也根本不会觉得诧异……"

臭鼬菲威站在松树边上，打量着那栋大房子。突然，传来了沙沙沙的声音，声音消失后，红鹿出现在臭鼬的身边。"晚上好，先生，祝你好运。"菲威说道，"新邻居就要搬来了。"

"哦，我知道，"红鹿回答道，"我知道，也该来了！不过，这对我来说其实并没有什么特别的。我最近一直在旅行，到处漫无目的地看看，发现现在兔子坡的其他居民好像过得都不是很好，甚至可以说非常不好。"

"哦，原来你到处旅行啊！"菲威回答，"你不知道，菜园现在全毁了！你不是也要吃菜园里的蔬菜吗？难道你现在不吃了？"

"嗯，不吃了，如果不是恰巧就在我脚边的话，我是不吃的。"红鹿这么说着，用鼻子轻轻地嗅了嗅，"我说，菲威，你不会介意稍微向边上挪动一点吧？可不可以请你稍微往背风的地方挪动一点？"

菲威向边上挪了挪。"好，这样就可以，那个位置刚刚好，真是太感谢你了。就像我说过的，我非常喜欢吃莴苣和小卷心菜，不管是以前，还是现在，我都特别爱吃，尤其是长得嫩的，一定要长得比较嫩——如果有点老的话，我是消化不了的，我的消化系统一直都不是很好。不过当然了，我还是更喜欢番茄——就是西红柿。给，请你吃一个新鲜的西红柿吧。"

"你自己吃吧，"菲威打断了红鹿的话，"其实我根本就不在乎他们到底是不是会好好种植的邻居，真的，我真的无所谓，但是你们肯定关心这个问题，我只是替你们担心而已。菜园在我的生命和生活中其实无关紧要，我所期待的不过就是他们的剩菜而已。"

"你的品位未免也太糟糕了吧，真是低级啊，菲威！"红鹿说道，"哎，我想说一句，风向好像有点改变了，你介不介意再挪动一点位置？那儿，就那儿好了，那个位置不错。"菲威按照红鹿说的做了。"多谢啦！接着说我刚刚说的。"

"品位糟糕又怎么样？"菲威有点生气地说道，"你根本就不懂剩菜的美好，这里有剩菜就意味着有人住，有我们的邻居们在。不过，有一些东西并不能算作是剩菜。唉，依照现在这种情形，你已经找不到什么更好的东西了。"

"我就是能找到更好的，"红鹿坚定地说道，"肯定比这儿好很

第一章

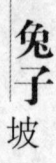

多。就这样吧，我们换个话题聊聊吧，别再说这个了。小狐狸的爸爸还指望着这儿能有一些鸡或者鸭子呢，这个可能你会感兴趣一点吧！"

"鸡还是不错的，"菲威承认，"鸭子也可以。但我们还是要回到剩菜上来，接着说说剩菜吧！"

"哦，天哪！"红鹿无奈地抱怨着，"风向好像又变了啊！"说完，他就赶紧跑回了森林里。

在冰冷的地表，土壤依旧冻结着。毛毛虫们的老祖父窝了一整个冬天，终于伸展开他那脏兮兮的灰色身体，使劲地活动着每一个僵硬的关节。虽然他的声音不大，还有一点嘶哑，但是仍旧可以唤醒其他冬眠的毛毛虫，让成千上万冬眠中的毛毛虫子孙都听到。

"新邻居就要搬来了，"他嘶嘶地说道，"就要有新邻居搬来啦！"这个消息在所有行动迟缓的毛毛虫中相互传递着。他们蜷缩在一起的丑陋身体开始慢慢地伸展开来，慢慢地在潮湿冰冷的泥土中努力地往上爬行。万物复苏的时候就是他们爬出地面的时候，他

们准备在青草连绵的时候冒出地面。

整个兔子坡都在流传这一新闻。小动物们小声地谈论着，大家都很兴奋，各自说着自己的看法，交换着彼此知道的最新消息，一起猜测这件事的真实性。对于兔子坡的小动物们来说，这真是一个重大的好消息啊！小松鼠和花栗鼠飞快地跑过石墙，大声地传播着这个好消息。在漆黑的大松树上，猫头鹰、乌鸦和小蓝鸟也为这件事大声地争论着，大家都有着不同的看法。在下面的兔子洞里，来来往往的客人都在不断地重复一句话："新的邻居就要搬来啦！"

二 兔妈妈的担心

此刻，兔子洞里的兔妈妈比任何时候都要忧心。任何事情发生的时候，不管是好事，还是坏事，都会打乱兔妈妈原本非常有秩序的生活，带来一些新烦恼。这次的这个好消息让小动物们无比激动，也让兔妈妈很高兴。但是，同时也带给了她更多的担忧。她想到了所有的可能，包括新搬来的邻居一家可能会带来的危险和不愉快，甚至一些根本不可能发生的事情，她也想到了。她想着可能会有小狗、小猫和雪貂，会有猎枪、步枪和炸药，还会有危险的捕鼠夹和陷阱，甚至还可能会有毒药和毒气，也可能会有小男孩的存在！她

第一章

一直重复着最近那个大家都知道的传闻，说是有一个男人在汽车的排气管上系了一根小细管子，然后把管子的另一端塞进小动物的洞穴里面。听说已经有很多小动物不幸遭到了毒手，惨死在这种残忍的行径之下。

"哦，亲爱的兔妈妈，你想得太多了。"兔爸爸努力地安慰着兔妈妈，"我已经说过很多次了，他们不幸的命运，完全是由于他们自己太不小心了，在紧急通道和紧急出口堆满了食物。虽然说在冬天存储好足够的食物的确非常有必要，但是把紧急通道和出口作为储藏室真是非常愚蠢的行为。我们一定要注意这一点。真不知道我们是幸运，还是不幸运，"他继续说道，眼睛直直地盯着家里光秃秃的货架和空空如也的柜子，"最近几年的收成的确少了点，根本没有足够的食物在冬天的时候用来存储，所以完全不用担心会有食物挡住紧急通道这种事情发生，我们的通道还是这样干净整洁、畅通无阻，处于最好的状态中，而且一直以来，我们把它管理得很好。不过我还注意到，你常常会在那里放一些东西，像扫帚、拖把、水桶之类的，有把紧急通道变成不幸情况的趋势啊！就在前不久，我还被放在那里的杂物绊倒了呢！"

兔妈妈赶紧把篮子和拖把之类的杂物从紧急通道那里挪开，使通道恢复了畅通，这样做至少让她感到心安了一点。但是，每当风中夹带着一丝过往汽车的尾气味的时候，她还是会感到恐惧。

她也想过新的邻居也许会在兔子坡上开垦犁地。关于这个想法，兔爸爸承认是有这个可能的，但是可能性非常小。"如果发生这样的事，"他说，"那我们就不得不搬家了。我们现在住的地方地势偏低，过于潮湿，每年总有一段时间感觉洞里湿漉漉的。近来，我感觉自己已经有一点轻微的风湿了（有家族遗传成分），如果我们搬到高一点的地方去，可能会有所改善。我已经留意松树那边的一块地很长时间了，如果新的邻居真的在我们住的地方犁地，那我们肯定要搬家，我相信搬家对我们来说只有好处。"

　　兔妈妈听到这样的话，一想到要离开这个生活了多年的老地方就感到非常伤心，眼眶里闪着泪花。兔爸爸见兔妈妈哭了起来，赶紧转移了话题，说起了小猫和小狗会出现的可能性。"我觉得如果是

小猫的话，"他说道，"最关键的问题就是他们父母的教育管理。就像你知道的那样，父母根本就不可能整天盯着孩子们，要想让孩子们听话，绝不是强行地看管。如果把他们关在屋子里面直到他们长大，可以照顾自己了，这根本就不可能！但是，如果我们训练孩子们随时保持警惕，那么来自于猫的危险性就可以忽略不计了。再说猫的奔跑速度也挺可笑的——根本就不够快，他唯一的武器就是去吓唬你。关于这一点，我可以非常自信地说，我已经成功地教会了孩子们如何避开惊吓，如何不受惊吓。"

"对于我们的那几个孙子，唉，我不得不遗憾地说，他们都被宠得不像样子了。这样纵容导致的结果我真是不敢想象，都是致命的。我希望，我的儿子，"他一边说，一边严厉地看着儿子小乔治，"我希望我们都能记得这个可怕的教训——我们的孙子米尼、阿瑟、威尔佛、萨拉、康斯坦斯、萨雷普塔、洪格思和克拉伦斯都已经丧生在猫的爪子下了。"

小乔治向兔爸爸保证，他绝对不会忘记这一切。提到那些已经逝去的孙子们，兔妈妈又忍不住哭了起来。于是，兔爸爸继续说道（兔爸爸通常都会在有什么东西打断他或者使他停下来之后再继续说，除非有什么要紧的事）："就现在看来，我觉得吧，狗可能会比较受欢迎。十字路口胖大叔那里的两条土狗根本就不会引起我这样的绅士注意。相比而言我真是宁愿跟一两条特别厉害、擅长长跑的

猎狗玩一下赛跑。以前在蓝草城的时候，我真是常常——"

"是的，我知道，"兔妈妈赶紧打断了他的话，插嘴说道，"我知道在蓝草城时是什么样的，我也了解，但是百奇并不在蓝草城那儿啊！他现在住在大房子那里。他可是你最好最亲近的朋友——"

"说起百奇，这还的确是个问题，"兔爸爸也承认，"他竟然会选择把家安在大房子那儿，住在大房子的阴影下面，这是一个多么不明智的选择啊！我总是这样提醒他。当然了，要是大房子里住的还是以前那户很友好的人家，也没有什么问题，就算他住到大房子的客厅里去，那户人家也不会觉得有任何问题的，并且绝对不会找他的麻烦。但是，如果新来的人家带着狗，那么他现在住的位置就非常危险了。我们必须考虑到这个可能性，我应该再和百奇讨论一下这个问题，而且必须非常严肃认真地和他好好谈谈。"

兔妈妈心里充满了担心，所以根本没空去听这些话。"春天到

第一章

了，又要开始房屋大扫除了，"她焦虑地说道，"我本来是计划这周清扫房屋的，但是这段时间发生了太多事情，邻居们进进出出的，根本就没有时间，也没有什么机会打扫。还有就是住在丹波利路的阿纳达叔叔，自从米尔德结婚离开他后，他就一直独自生活着，看起来很孤单，而且他的年纪也越来越大了，我真没办法想象他的洞穴现在变成了什么样子。本来我还想这个夏天邀请他来我们这儿住住，虽然我们的食物并不多，但我还是希望他能和我们一起度过夏天。现在新的邻居就要搬来了，而且很有可能会带着狗来，说不定会有捕鼠夹和陷阱，甚至还会有毒药和猎枪，我真的不知道该怎么办了——我真的不知道。"

"事实上，"兔爸爸说道，"现在这个时候，我真觉得没有比邀请阿纳达叔叔来这儿住更好的办法了。下面让我来给你讲讲我这样说的原因吧！第一，阿纳达叔叔现在的情况，就像你说的，自从米尔德结婚搬走之后就变得越来越孤单了，换个环境生活说不定对他来说是件好事。第二，据我所知，丹波利路的食物情况比咱们这儿还要糟糕，根本就不够吃。如果新搬来的邻居果真像我们一直期盼的那样，真的是会种地的勤劳人，那么我们的食物情况会得到大大的改善。简单来说，阿纳达叔叔来这儿会吃得很好。第三，阿纳达叔叔是我们家族里最年老的成员了，在和人类打交道方面有着丰富而独特的经验。万一我们的新邻居不好相处——当然我并不希望这样，但我们还是要充分考虑到每一种可能。对于未来可能会遇到的

状况和麻烦，阿纳达叔叔会给我们提出最有用的意见，帮助我们轻松地解决问题。因此，我建议立刻就去请阿纳达叔叔来。如果不是我这几天正好有其他的事要处理，我是非常希望能够亲自去请阿纳达叔叔的。所以，现在这个任务只好落到小乔治身上了，就让他去请阿纳达叔叔吧！"

小乔治听到要让自己出远门去请阿纳达叔祖，心里激动得不得了，但他还是努力地让自己平静下来，因为这时候兔妈妈又开始担心了，兔爸爸又开始安慰她了。毕竟小乔治现在已经是个大男孩了，他能够跑得跟爸爸一样快，而且也已经学会了很多绝活儿。在过去的几个月里，都是他独自去十字路口的胖大叔那里找食物，他能够很轻松地避开猎狗，每天两次安全地穿越黑暗之路。他知道怎么去阿纳达叔祖家，他很熟悉那条路，去年秋天，他们全家都去那儿参加过米尔德的婚礼。可是他心里又有一点点不太想去，兔子坡现在

是如此热闹，他不想错过这里的任何一件事。不过，这次去丹波利路的行程是多么令他兴奋啊，而且他只不过离开两天而已，这么短的时间里，兔子坡是不会发生什么大事的。

他想着想着，迷迷糊糊地睡着了。进入梦乡的时候，他听见妈妈仍旧在担心，爸爸说着安慰妈妈的话，不停地安慰着——安慰着——

三　小乔治的歌

天刚蒙蒙亮，小乔治就出发了。尽管兔妈妈很担心，但仍着手准备了一顿营养丰盛的午餐，外加给阿纳达叔祖的信，装在了小乔治肩膀上的小背包里。兔爸爸一直送他到双子桥那儿，他们一路迈着轻快的步伐。山顶呈圆形，像一座漂浮的岛，整个山谷就像弥漫着薄雾的湖。为了迎接新一天的到来，果园里的鸟儿们正在欢快地唱着歌。鸟妈妈们叽叽喳喳地叫着笑着，带着孩子们清理巢穴。在最高的树枝上，鸟爸爸们咕噜咕噜地叫着喊着，互相开着对方的玩笑。

那些房子里的人都还在睡梦中，就连十字路口的胖大叔的狗都还很安静，但是所有的小动物都出来活动了。他们碰到了从维斯顿回来的狐狸，他看上去很困的样子，毛皮上还粘着几根鸡毛。红鹿一路矫健地穿过黑色的道路，向小乔治和兔爸爸道早安，祝他们好运，但是，这一次兔爸爸没有像往常一样停下来和红鹿聊天。以往，他们一见面就会长聊红鹿的生意，这个地方，没有哪只兔子比兔爸爸更了解红鹿的生意了。

"儿子，"兔爸爸严厉地说，"你妈妈现在精神一定很紧张，你最好不要做冒险的事来增加她的担忧。记住，不要在路上闲逛，不要粗心大意，也不要做蠢事。往前走的时候要沿着路边，保持一定的距离。过桥的时候，或是遇到十字路口，一定要小心。我问你，当你来到一座桥的前面的时候，你会怎么做？"

"我会先藏得好好的，"小乔治回答道，"然后，仔细观察一段时间。我要看看附近有没有猫狗，桥的两头有没有车。检查完毕，没有发现任何危险之后，我便以最快速度跑过桥。过去之后，我又会藏起来，四周看看，确定自己没有被发现，再继续走。在十字路口也要以同样的方法通过。"

"很好，"兔爸爸说，"现在你背一下那些狗都在哪里。"

小乔治闭上眼睛，认真地背诵起来，"十字路口那个胖大叔有两条杂种狗；好山路上有达尔马希亚狗；长山上的房子里有牧羊犬，他很吵，但也只是叫叫而已；诺菲尔德教堂有警犬巡逻，警犬很笨，鼻子也不灵光；在高高的山脊上，红色的农舍里有斗牛犬和猎犬，他们都很胖，不用担心；那座有大谷仓的农舍有条老猎犬，那是个

危险的家伙……"他准确地背诵出了到丹波利一路上的每条狗的情
况，一点错也没有，兔爸爸满意地点头表示赞许。

　　"太好了，"兔爸爸说，"你还记得应战战术吗？"小乔治又闭
上了眼睛，快速地背了起来："急速地起跳，左边两下，右边两下；
突然停下来，再加速，左跳一下，右跳一下；然后一个漂亮的假动作，
最后藏起来。"

　　"不错，"兔爸爸说，"你千万要注意那些狗，多加小心，跑

的时候要快，尽量快。要是那家伙比你跑得还快，阻止你前进，情况就不好了。不要只顾着竖起你的左耳朵，你必须四处看看。在高高的山脊上，那些开阔的地方，要保证自己躲在石头的阴影里。还有，要注意那些泥土堆，百奇有很多亲戚在那里，如果你遇到紧急情况的话，他们任何一个都会愿意帮助你。你只需要告诉他们你是谁，但是，不要忘了说谢谢。躲过追捕之后，赶快藏起来，至少要休息十分钟。如果你非得跑的话，记住收紧你的背包，将肚子贴到地上跑！"

兔爸爸叮嘱了一番后，说道："现在赶快上路吧！机灵点，别做蠢事。我们期待明天晚上你和阿纳达叔祖一起顺利归来。"

小乔治蹦蹦跳跳地经过了双子桥，回头看到父亲在向他挥手，他也挥了挥手，便独自上路了。

当他经过好山路的时候，天空依然灰蒙蒙的，达尔马希亚狗还在睡觉，四周一片宁静。在他迈着沉重缓慢的步子爬上长山，走到诺菲尔德教堂一角的时候，人们才开始慢慢地醒来，小团小团的蓝色烟雾正在从厨房的烟囱里冒出来，空气中弥漫着一股煎熏肉的香味。

与小乔治预料的一样，警犬正在那儿笨拙地巡逻着，他花了一点点时间便解决了这个问题。他故意迈着大步，让迟钝的警犬跟在身后。当看到一棵长在荆棘丛里的苹果树时，他停了下来，突然向右一跳，藏了起来。那笨家伙想都不想就冲了过来，径直冲进了荆棘丛里，痛苦地哀号起来。这叫声对于此刻正欢快地走向山脊的小乔治来说，却是一段无比美妙的旋律。他多么希望父亲这时可以见证他是如何巧妙地捉弄警犬的，还有藏起来的时候，他的左耳朵可一点都没有动呢！

当小乔治到达山脊的时候，太阳刚好升起来。在红色农舍的走廊上，肥胖的斗牛犬和猎犬睡得正香，他们温暖的身体上还沾着露珠。要是在平时，小乔治很有可能会叫醒他们，然后好好地捉弄一番，嘲笑他们奔跑时的笨拙样。但是一想到父亲的叮咛，他便乖乖地走自己的路。

山脊很长，是一片非常开阔的地区。在小乔治的眼里，这里是

很无趣的。尽管树林和草地茂盛丰饶、绵延起伏，景色十分秀美，但是他无心观赏；明亮的蓝天上，奶油一样的云朵，看上去十分漂亮，让乔治感觉不错，阳光也如此温暖。但是，他还是感到很无聊，为了缓解自己低落的情绪，他开始唱起歌来。

这些歌词已经在他的脑海里萦绕了好几天，曲调也一样，但还不是很清晰，歌词和曲调配到一起听起来也有点不合适。小乔治时而轻声哼着，时而高唱，时而吹着口哨。他尝试着把歌词改来改去，

一会儿唱起来，一会儿又停下，一会儿又开始修改音符，最后他终于完成了这首歌的第一句。于是，小乔治反复地哼唱着这一句，以确保他在创作第二句的时候不会忘记。

　　小乔治太专注于自己的歌了，才分了心，给自己带来了一场突如其来的大灾难。他几乎没有注意到自己已经走过了有大谷仓的房子，却依旧在唱歌，这已经是他第47遍唱这一句了。老猎犬已经悄悄地跟在他的后面，猛地咆哮起来。他挨得可真近啊！小乔治甚至

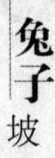

都可以感觉到他鼻子里呼出来的热气。

　　小乔治立刻猛烈地弹跳了几次，暂时让自己避开了伤害。他停了一两秒，把背包收紧，然后用尽全力奔跑起来。他想起了父亲的话——"不要把精力浪费在笨狗身上"。他试着左右跳、连续跳、循环跳，可是这些都没有什么用，脚下一大片地方都是裸露的。老猎犬知道怎么对付小乔治，不管他怎么旋转躲开，老猎犬总是能跟上他。小乔治四处寻找土拨鼠的洞穴，但不幸的是一个都没有找到。"好吧，不管怎样，我一定要摆脱这个讨厌的家伙。"小乔治对自己说。

　　他把背包绑得更紧了些，耳朵往后贴在背上，肚皮贴近地面，飞快地跑起来。在温暖阳光的照射下，他的肌肉变得灵活了，他精力充沛地跑着，感觉自己的四肢变得越来越长。他从来没有像现在这样感觉到自己如此年轻强壮。他的腿就像钢铁弹簧一样，随着自己的意愿任意地释放着能量。他感觉自己就好像没有使劲一样，后腿一触碰到地面便猛烈地弹跳上去，把他射向空中。他跃过篱笆和石头墙，哦，简直就像在飞一样！现在他才明白燕子飞翔是什么感觉，他现在的情况就只能这样描述了。他回头看了一眼，老猎犬已经落在后面很远的地方了，但是他还在继续缓慢地追逐着。他老了，一定累了！而小乔治呢，每一次往前飞跃一步，便感觉自己的力量变得更强大了。那个老傻瓜为什么不放弃，然后回家呢？

　　当他跑到高一点的地方的时候，他才明白，他竟然忘记前面是

死亡溪了。现在这条小溪就在他的面前，又深又宽，就像一条银色的带子环绕在前面。这条老猎犬可真狡猾，他终于将小乔治逼得落入陷阱里，这个陷阱甚至可以说是监狱，不管小乔治向左跳，还是向右跳，都很容易被老猎犬抓住。现在什么办法也没有了，除非他可以跳到对面去！

令人心痛的的现实并没有让小乔治减慢自己的速度，相反，在斜坡的助力下，他的速度加倍了，简直是飞跃了起来，风在他的耳边呼呼作响。他冷静地控制好自己的思绪，这也是他的父亲希望他做的。他选择了一个高而坚固的着陆点，起跳的时候还留了一点空间，这样就更保险了。

他的起跳十分完美，他把每块肌肉的力量都用上了，就那样直直地跃入了空中。在下面，他可以看见自己在水里的影子，还可以看见溪底的鹅卵石和被影子吓坏的小鱼。然后，他重重地落到了对岸，咚的一声，他接连翻了好几个跟头，最后才坐到了柔软的草地

兔子坡

上。

小乔治停住了，他一动不动地坐在那里，喘着气，看着老猎犬的一举一动。老猎犬急不可耐地冲下坡来，看到水后急忙停住了，然后抬头愤怒地看着小乔治，最后没有办法，他只能无奈地喘着气回家，舌头几乎都拖到地上了。

小乔治觉得自己的体力十分好，他认为自己不需要遵守父亲的嘱咐——奔跑过后休息十分钟。他也知道自己在喘气，已经到了吃午餐的时间，他实在是又累又饿，于是解下了背包，一边休息，一边吃起午餐来。回想刚才那会儿，他的确很害怕，但是随着气息慢慢平稳，午餐也吃得差不多的时候，他的精神和体力又恢复了。

如果父亲知道他今天的所作所为，一定会很生气。其实父亲生气也是有道理的，因为小乔治犯了两个愚蠢的错误：第一，他不专心赶路，遇到老猎犬的突然袭击；第二，在逃跑的过程中落入了一个危险的陷阱。幸好，他跳过了溪沟，历史上还从来没有哪只兔子成功地跳过死亡溪，就算是他的父亲也没做到呢！他标记好了确切的地点，而且估算了死亡溪的宽度，足足有五米多啊！随着小乔治的情绪越来越高涨，歌词和音符也完美地拼凑到了一起。

小乔治就这样躺在温暖的草地上欢乐地唱起歌来：

有新邻居来了，哦，我的天！

有新邻居来了，哦，我的天！

有新邻居来了，哦，我的天！

哦，我的天！哦，我的天！

　　歌里没有几个单词，也没有几个音符，而且每一句只有一点起伏，然后又是重复。很多人听到这歌声一定会觉得它很单调，但是小乔治认为这首歌很适合自己。他时而大声地唱着，时而轻声地唱着，他这时候唱歌是为了赞美自己遇到危险后，克服了危险，并且赢得了胜利，这是一个传奇。他一遍又一遍地唱着。

　　一只红腹知更鸟正在向北飞，听到小乔治的歌声后，停在了一棵小树苗上，向下喊道："你好，小乔治，你到这里做什么啊？"

　　"去接阿纳达叔祖。你一直在山上吗？"

第一章

"我刚从山上下来，"知更鸟回答道，"每个人都很激动，看起来有新邻居要来了。"

"是的，我知道，"小乔治急切地喊道，"我刚创作了一首关于这件事的歌。你想要听听吗？这就像……"

"不用了，谢谢，"知更鸟说道，"我要走啦……"说完，他就飞走了。

小乔治一点也不气馁，他一边绑紧他的背包，准备继续下面的行程，一边将他的歌又唱了几遍。这首歌很适合赶路的时候唱，所以，当他走过其余山脊的时候一直在唱；当他走下刮风的山，绕过乔治镇的时候也在唱；当天下午，当他到达丹波利路的时候，他还在唱。

当小乔治刚刚唱完第四千遍"哦，我的天"的时候，一个尖锐的声音从灌木丛里传了出来。

"哦，我的什么？"

小乔治转过身来，惊叫道："哦，我的天哪！为什么是你啊，阿纳达叔祖！"

"当然是我啦！"阿纳达叔祖笑了起来，"正是我，再真实不过的阿纳达叔祖。进来吧，小乔治！快进来，从你家到这里走了那么长的路。嗯，一开始我还以为是一条狗呢！我让你感到很吃惊是不是？孩子，你的父母都没有你聪明。不管怎么说，你先进来吧！"

虽然兔妈妈担心阿纳达叔祖的家没有谁来打扫，但是小乔治怎

么也想象不到被邀请进的地方竟是如此杂乱不堪。毫无疑问，这是一个单身汉的家。小乔治喜欢单身汉的自由，但是他不得不承认，他是不愿意来这个地方的。这里非常脏，而且有很多跳蚤。室内外的气氛似乎都令人窒息，一点芬芳也没有。这或许是阿纳达叔祖抽烟的原因。阿纳达叔祖要做饭了，这给了小乔治一些希望，他们的晚餐是一根又老又干的胡萝卜。吃过简单的晚餐之后，他们就坐在了外面，小乔治拿出妈妈写的信给阿纳达叔祖看。

"你帮我读信吧，小乔治，"阿纳达叔祖说道，"我好像把我的眼镜弄丢了。"小乔治知道，眼镜肯定不是弄丢了，而是他根本就没有眼镜。虽然小乔治才开始学习阅读，并不能认识所有的字，但是必须有礼貌些，要尊重长辈。所以他认真地读了起来：

第一章

亲爱的阿纳达叔叔：

我希望你很好，但是我知道自从米尔德结婚离开后，你一直很寂寞。我们大家都希望你可以来我们这里过一个夏天。我们这里就要有新邻居来了，我们都希望他们是很好的农民，但是他们可能会养狗或者会使用毒药、陷阱，甚至还会有枪，但是无论如何我们还是盼望看见你。

你亲爱的侄女：莫莉

还有个备注："请不要让小乔治把脚弄湿。"但是这句话小乔治并没有读得很大声。他想着，自己都跳过了那么宽的死亡溪，难道还会弄湿脚吗？

"现在好了，"阿纳达叔祖喊道，"现在就好了，这真是一件高兴的事啊！真好。我也不知道去不去。当然在这里的确有点寂寞，米尔德也走了。说到食物，胡萝卜也少了，这里的人太小气了，我从来没见过这么小气的人。虽说他们都是些老邻居了，但我并不相信他们。不过，老邻居的话，大家都了解，可以知道有什么是可以相信的，什么是不可以相信的，新邻居你就不知道了。我想我还是去你们那儿吧。你妈妈做的莴苣豆蔓还跟以前一样好吗？"

小乔治向他保证兔妈妈还在做，他最近还吃过呢！"关于新来的邻居，我还创作了一首歌呢，"他激动地说道，"你想听听吗？"

"我才不想听呢，"阿纳达叔祖说道，"你随便选个地方睡下吧，小乔治。我要收拾行李了，我们最好明天一早就出发，睡个好觉，孩子！"

小乔治决定睡在外面安静的夜空下。夜晚很温暖。他哼着歌，这对于现在的他来说，是最好的摇篮曲了，刚唱完第三遍的时候，他就睡着了。

第二章

一　阿纳达叔祖

他们很早就出发了，看来阿纳达叔祖真的老了，走得很慢。虽然脚步快不起来，但是他的技巧和对乡村的了解足以弥补这一点。他了解每一条路，知道每一条捷径、每条狗，还有他们的藏身处。一整天，他都在指导小乔治，这让小乔治觉得自己知道的甚至都要超过父亲了。

他们一直走在石墙和树篱的影子里。为了躲避狗，他们在离房子很远的地方绕着走。当他们停下来休息的时候，总是会选择靠近洞穴，或者距离荆棘林只有一步之遥的地方。他们在死亡溪那里停下来吃午餐，小乔治骄傲地指出了他跳过来的确切地方，还有深深的脚印留在那里，那就是他成功着陆的标志。

阿纳达叔祖用他那双敏锐老练的眼睛打量着宽阔的死亡溪。"跳得很好啊，小乔治，"他说道，"跳得好！你爸爸都做不到，我也做不到，真是不错。虽然我很惊讶，但是，你那样做真的很冒险，不要认为你的父母会赞成你那样做。"当然，小乔治也知道他们不会赞成。

这顿午餐很简单，都是从阿纳达叔祖的橱柜里刮下来的食物碎屑，他从来就没有丰富的食物。阳光照在身上，很温暖，天空蓝蓝的，这位老绅士似乎想要坐下来说说话，休息一下。

"你知道吗，小乔治？"他舒服地坐在柔软的厚草上说，"你一天到晚唱的那首歌，没几句歌词，也没什么调子，但是有实际意义，你可能不知道是什么意思。现在我来告诉你为什么吧！因为你的歌词里总是有'有新邻居来了'，为什么总是'有新邻居来了'？

"为什么呢？你看看我们走过的这条路。我记得我的祖父告诉我，他的祖父曾经告诉过他，他祖父的祖父曾经说过，在很久很久以前，英国士兵穿着红色的外套踩过这条路，然后扫荡了丹波利路，他们一边走一边开枪，火烧谷仓、房子和庄稼。附近的人都出来反击，就这样，很多人都被埋葬在这些果园底下了，他们的房子也不见了，所有的小动物和食物都不见了，他们的生活变得很糟糕，那真是糟糕透了。等到士兵们走了，他们的时代也过去了。这里总有新的人来，也不断地出现新的时代。

"美国人来的时候，我们的年轻人只关注自己的事，并没有重视。以后，不断有新的人来到这里，整个山谷很快就出现了许多小

041

磨坊和工厂，这里所有的农田都种上了小麦、土豆和洋葱。到处都是人，大货车沿着这条路运送粮食、草料和货物。每个人都认为那是记忆中最美好的时光。

"但是随后不久，所有的年轻人都沿着这条路去了马尔尚。他们穿着蓝色的制服，唱着笑着，手里拿着装满了饼干的纸袋子，枪口上插着鲜花。可是，他们再也没有回来。老一辈的人一个接一个地去世了，磨坊也倒塌了，田里面长出了杂草。糟糕的时代又来临了。不过，爷爷奶奶还是只做着自己的事。然后，新的人又来了，一条条黑色公路，一栋栋新房子，一座座新学校，一辆辆汽车，大家再一次高兴地喊着好日子来了！

"我要告诉你的是，小乔治，有好的时候，也会有不好的时候，但是那些迟早都会过去；有好人，也有坏人，但是他们终究都会离开；最后，总会有新的出现。这就是你一直唱的那首歌里的意义，尽管它单调乏味，真的很单调乏味。好了，我要睡一会儿，你保持警惕。"

小乔治把自己的眼睛睁得大大的，耳朵也竖立起来，他不会再让自己分心了。他开始思考阿纳达叔祖说的话，但是一思考就会昏昏欲睡，于是他在溪水里洗了洗脸和爪子，收拾好背包，然后看着水面。就这样，十分钟过去了，他叫醒阿纳达叔祖，然后继续赶路了。

阿纳达叔祖离开丹波利路的消息很快就在这一带的小动物中传

开了，许多小动物都出来跟他说再见，还祝他好运，就连峻岭上的土拨鼠也沿着高高的山脊赶来了。所有的人都想让阿纳达叔祖带消息到城里。所以，当他们从长山走向双子桥的时候，已经是傍晚了。他们又累又热，满脸灰尘。就在他们慢慢接近北边那条河的时候，阿纳达叔祖感觉有点惆怅，好像在思考着什么。当他们在河岸边休息的时候，他突然就明白了。

"小乔治，"他突然说，"我要做点什么，是的，我要做点什么！我不知道都有多少年没做了，但是现在我要做一件事。"

"做什么啊？"小乔治疑惑地问道。

"小乔治，"阿纳达叔祖严肃地说，"仔细听着，因为你从来没有听过我说这话。小乔治——我要洗澡！"

洗完澡之后，他焕然一新，然后他们就开始急切地往山上赶，

小乔治几乎是一路飞奔着回到家的。即使从很远的地方看去，小乔治也知道在他离开的这段时间里发生了什么事，因为那栋大房子破损的屋顶已经修补好了，空气里还飘荡着松树的香味和新鲜的油漆味。

他们到家的时候，小乔治的爸爸妈妈快乐地迎接他们。在阿纳达叔祖把自己的几个小玩意放到客房的时候，小乔治开始兴高采烈地讲述他的冒险故事。显然，父亲对他的粗心很生气，他居然引起了老猎犬的注意，而且还因为跨过了死亡溪而如此骄傲自满，完全不知道自己的处境有多危险。

"还有，妈妈，"小乔治继续兴奋地说，"我创作了一首歌。是这样……"

这时候，父亲举起手让他安静下来："听！"他们都一起听着。一开始小乔治什么也没有听到，然后突然就听到了一个声音。

整座山上的小动物们都在合唱，他们唱着同一首歌，就是小乔治创作的那首！

房子附近的路上也可以听到这首歌——"有新邻居来了，哦，我的天！"他可以听出那声音来自于红鹿、菲威、威利和他们所有的兄弟姐妹，那就像一阵微弱而遥远的钟声；"哦，哦，我的天！"他能听到鼹鼠从草地里传来的闷闷的声音；妈妈匆忙地准备晚餐的时候也在哼唱着；甚至是阿纳达叔祖在汤锅旁边嗅来嗅去的时候，也时而唱起："哦，我的天！"

比尔和他的木匠刚刚离开，他们的卡车沿着小道一路颠簸地开走了，小乔治听见他们在吹着口哨，那调子正是自己的歌！

小路那头的小屋里，蒂姆·麦格拉斯正在快乐地敲打着他的拖

拉机，经历过漫长的冬天之后，他要让拖拉机变得漂亮灵活起来。他的犁都已洗净擦亮。他一边工作，一边唱着这首歌。

"你从哪里听来的歌？"他的妻子玛丽在厨房的角落里问道。

"忘记了，"蒂姆说完后，继续唱道，"哦，我的天！有新邻居来了，哦，我的天！新邻居——"

"这是一件好事，"玛丽打断他说道，"有新的人来是件好事，往年冬天过后，我们都没有什么工作，新人家来真是太好了！"

"新人家来了，哦，我会有很多工作，"他喊道，"要建花园，一个很大的花园；草地要碾平，北边的土地要翻一下后播种；要切割木材，修剪灌木丛；要修停车坪，还要养小鸡。有好多工作要做！哦，我的天，有新邻居来了，哦……"

"我不认为那是一首完整的歌，"玛丽说，"但这是件好事。"

没过多久，在她摆晚餐盘子的时候，蒂姆听见她五音不全且喋喋不休地唱着："哦，我的天！有新邻居来了，哦，我的天！"

路易·肯斯托克，那个泥瓦匠，正在往卡车上装货。当他在装泥刀、水桶、锤子、铲子、软管、水泥袋等等其他明天要用到的东西时，他也哼着歌，听起来好像只有一个音调，但是他唱得很高兴。很难听出他唱的是什么调子，但是歌词听起来就像是："……人来了，哦，我的天！新邻居来……"

在街角的商店里，戴利先生正在收拾他的货架，准备上新品。他不需要弄得太有顺序，冬天很艰难，很少有人住在这附近，他的货架现在跟去年秋天的时候一样满。但是冬天已经过去了，春天的第一缕阳光已经悄悄地从门外溜了进来，沼泽里的青蛙呱呱呱地吵闹着，就像是喧闹的雪橇铃声。

戴利先生手里捏着盘点表坐在高脚凳上，一边写着什么东西，一边唱着一首简短的歌："新的人搬来了，可以卖掉大量咖啡、咸牛肉——哦，我的天！新邻居来了，火柴、胡椒、玉米淀粉、盐、生姜、啤酒也来了——哦，我的天！新邻居来了，餐巾纸、醋、泡菜、干杏——哦，我的天！哦，我的天！哦，我的天！"

"哦，我的天！哦，我的天！"

二　百奇按兵不动

接下来的几天里，山上有很多变动。这里发生了很多事情，兔爸爸一直都相当关注。菜园都被犁出来了，已经松好了土。这是个很大的菜园，是以前那个菜园的两倍大，因为周围没有围栏，所有动物都松了一口气。花床已经收拾好了，还施了肥，草坪也挖了出来，准备播种。

现在北面那块地正在犁着。蒂姆开着他那辆拖拉机，看着褐色的泥土从犁头两边翻滚出来，快乐地吹着口哨。在百奇家门口，百奇和兔爸爸满意地看着这一切。拖拉机暂时停止了咆哮，路易又开始重建石头墙了，他朝蒂姆喊道："他们打算在这里种植什么呢？"

"荞麦，"蒂姆回答道，"现在种植荞麦，以后会种其他的植物，苜蓿或者梯牧草。"

"你听见了吗？"百奇兴奋地对兔爸爸说，"荞麦！我有多久没有见过一块上好的荞麦田了！真不知道是什么时候，哦，我的天！"

"你没有听到他们提到任何关于蓝草的话，是吗？"兔爸爸满怀希望地问道。

"是的，我没有听到，"百奇说，"但是呢！还有荞麦啊，总比没有好吧！荞麦可以做肯塔基州的那种饼，莫莉听到这个一定会非常高兴，她做的小麦蛋糕还是不错的。想想就要流口水了！"他心醉神迷地叹了口气，然后继续说道，"一整块的荞麦地，就在我的前院。"

"提到你的前院，这倒是提醒了我，百奇，"兔爸爸说道，"我必须认真地跟你谈一下你将遇到的危险。新来的邻居应该……"

百奇粗鲁地打断兔爸爸的话："要是你说的又是要让我搬走的话，最好什么也别说，我是绝对不会搬走的。"百奇顽固地缩成一团，继续说道，"我不会的，就这样了。在这座山上，再也没有比这里更好的洞穴了，我说什么也不会离开。"

"就像我说的那样，"兔爸爸继续说，"新来的邻居可能会带着狗来，就在你住的房子旁边，那真是太危险了。"

"我可以照顾好自己的。"百奇固执地喃喃自语道。

"没有谁会质疑你的勇气，百奇，也没有谁怀疑你照顾自己的能力，"兔爸爸渐渐地有些不耐烦了，"但是你的固执和不讲理的态度迟早会给你的朋友们带来极大的麻烦和痛苦。

"我已经和灰狐狸还有红鹿谈过这件事的利害了，我们知道应该会有狗来这里，就谈到了搬到别的地方去，寻找一处安全的位置。我们也跟菲威谈过，他现在非常同意这个想法。也许你也知道，他可以在几分钟内把你家熏得住不下去，而且他已经准备好了，到了必要的时候，他就会这么做。"

兔爸爸说完，便大步离开了。百奇只是继续顽固地弓着背，喃喃自语道："我不会离开，我是不会离开的。"

兔爸爸发现菲威和灰狐狸正在检查新修好的鸡舍，鸡舍是用结实的粗铁丝围成的，他们已经计划和标记好了进入鸡舍的地道入口。菲威很喜欢吃小鸡，正在考虑自己动手。"要是现在能吃到一只嫩嫩的小鸡就太好了，"他说，"但是在确定周围没有危险之前，我是不会轻举妄动的。我只希望他们不要用那种最新流行的埋在地下、有铁盖的垃圾桶。那种东西太危险，应该禁用才对。

"我有一个表哥，他住在煤炭山，就曾经掉进一个那样的垃圾桶里。起先他顺利地打开了垃圾桶的盖子，当他正准备享受里面的食物的时候，盖子掉了下来，他就被盖在里面，一整晚都出不来。他一定吃够了剩菜，等到第二天女佣出来打开盖子的时候，可被臭鼬鼠熏够了。"他咯咯地笑起来，"当天女佣就走了！这也是活该，谁叫他们用这么危险的东西。"

"也许他们会挖一个坑把剩菜埋掉。"兔爸爸说。

"这我们不同意，"菲威回答道，"把新鲜的剩菜和发霉的垃圾、罐头，还有其他的东西混合在一起，简直是胡闹！我们可不希望那样，先生，我希望看见的是一个旧式的垃圾桶，有宽松的盖子，要是这些人体贴、肯为别人着想，那么，他们就会用这种垃圾桶。"

兔爸爸发现他们有点反感这个话题，所以他只好继续散步，很快就经过了田鼠威利和他的朋友鼹鼠的家。

"晚上好，威利，"兔爸爸说，"相信你所有的朋友和亲戚，都已经把他们的东西从正在开始耕作的北面农场转移了，是吗？"

"是这样的，先生，非常感谢您的好意，"威利礼貌地回答道，"而且他们也很感激您及时的劝告。"

"不用客气，没关系。"兔爸爸说道，"我也是碰巧听到麦格拉斯说他明天就要开始动工了，所以才跟你们说这个消息。我只希望其他人听到这个建议之后，可以做出对他们有利的选择。"

"你指的是百奇吗？"威利问道，"他真是个顽固的怪家伙！"

兔爸爸很尊敬百奇，于是说道："威利，百奇是我们这一个地区

最年长、最受人尊敬的成员，因此，他应该受到你们年轻人的尊重。"

"是的，先生。"威利说。

"威利，"兔爸爸检查着门前的草地，继续说道，"这里是一块非常美丽的地方。你应该可以在这里建造一个华丽的洞穴。"

威利捡起一点土，用爪子弄碎。"软一点的土挖起来更方便，"他说，"但是，所有的幼虫都是分散的，这样做很容易吓跑他们。两三周后，这里的草便长出来了，幼虫又会聚集起来，你知道他们最喜欢草根了，这样我就可以开始真正的狩猎了。"

这时候，小乔治飞奔了过来，他激动地说出他听到的最新消息："明天就来了！新邻居明天就来了，我刚听到路易告诉蒂姆·麦格拉

斯他们，应该填好那些车道上的洞，搬家的货车明天就要来了。那些人明天就要来了！"

"太好了，"兔爸爸说，"这样我们就能够确定新邻居的性格了，我们会逐渐了解他们，然后知道怎样应对他们，他们可能会带着猫或者狗一起来。顺便说一下，儿子，不要在你妈妈面前提到有关货车的事。你还记得罗克莫顿的事吗？"

小乔治当然记得，而且记得十分清楚，因为罗克莫顿曾经是妈妈最喜欢的孙子。但是一辆货车带走了他的生命，从此以后，妈妈就对货车产生一种莫名的恐惧。

这个消息像野火一样迅速地蔓延开了。那天晚上，所有的屋子里都充满了叽叽喳喳的说话声和来来往往的拜访者，大家都在不停地谈论着。兔爸爸警告别提到货车的事是没有用的，因为兔妈妈一得知会有搬家的货车开来，就哭喊着跑了过来，"货车……"她大哭起来。她把围裙蒙在头上，哭了很长一段时间，只准小乔治待在洞里，直到危险过去。

"莫莉，别那么激动，"阿纳达叔祖安慰道，"没什么的。那条路全都是洞，凹凸不平、歪歪扭扭，货车开在上面的速度一定很慢，就像乌龟爬一样。我会一直在那里，我敢说那些人啊，猫啊，狗啊，没有一个比我更了解货车了，如果我都不知道，那就没有人知道了。"

兔妈妈发誓，她一整天都不会离开这个简陋的房子，但是阿纳

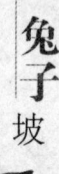

达叔祖戳戳兔爸爸的脊背，笑着说："别担心。她迟早会出去四处看看的，我太了解她了。"

三　货车开来了

货车伴随着黎明的曙光开来了。它们晃动着，发出嘎吱嘎吱的声音，轰隆隆地行驶在车道上，货车上的司机们根本不知道，此时有十几双明亮的小眼睛仔细地监视着他们。他们分别在月桂树上、灌木丛中和高高的草丛里，所有的小动物都观察着新搬来的邻居。灰狐狸和红鹿来到松树林边上，他们站在那里，一动不动，除了红鹿的耳朵偶尔动动，来探听周围的声音之外，他们就像雕像一样纹丝不动。兔妈妈即便惧怕冒险，但还是到外面去看了，一看见货车来了，她就立刻躲到兔爸爸和阿纳达叔祖的身后坐下，爪子一直紧紧地捂着小乔治的左耳朵。

对于动物们来说，看人类卸家具，是一个了解主人财富情况的好机会。兔爸爸羡慕地指着几件泛着光泽的桃木家具。"那些，"他低声对兔妈妈说，"很明显，自从我们离开蓝草城以后，就再也没有见过这种家具了。"

这时候，兔爸爸被菲威兴奋的摇晃打断了，一个无盖的旧式大

垃圾桶就放在车库后面。"现在，这里就是我想要的地方了，"菲威
兴奋地吼道，"刚好就在葡萄架下面。我可以在同一个地方吃饭和享
受甜点。"

　　阿纳达叔祖用敏锐的眼光看着各种各样的工具和物件被一一搬
进工具房。"没有看见陷阱，连弹簧枪也没有，"他谨慎地说道，"但
是却有很多罐子和壶，里面有可能是毒药，也有可能不是，谁也不

知道。"

　　路易和蒂姆趁机溜到了房子附近，进行近距离观察，来判断大房子里面的情况。"看起来不错哦。"路易说。

　　"是的，"蒂姆说道，"真好，他们的书可真多啊！书多有什么用呢！我祖父总说'读书毁人心智'，我不知道是不是真的，不过祖父的话总是对的。"

　　"哦，我不知道，"路易一边看，一边说，"我认识一个樵夫，他曾经读过许多书，而且人品也的确不错。遗憾的是，他已经死了好几年了。"

　　货车卸完所有的货物后，全都嘎吱嘎吱地开走了，但是动物们还没有回过神来，因为他们真正关心的是搬来的邻居。于是他们耐心地等到了下午，终于看到一辆汽车开了过来。这是一辆看上去很古老的汽车，里面装满了鼓鼓囊囊的行李。动物们全都兴奋地盯着里面的人。

　　第一个走出来的是一个男人，他叼着烟斗。阿纳达叔祖满意地对兔爸爸说："总算有点东西是我喜欢的，我喜欢男人抽烟，他会事先给你一个警告。举个例子，假如你正在田野里打盹，这时有个男人经过，他很有可能在你发现它之前就踩上了你的后腿；而抽烟的男人就不一样了，你老远就能闻到他身上的烟味，可以提前溜走。嗯，我喜欢烟斗！"

　　兔爸爸点头表示赞同，但是他的眼睛却盯着那位夫人看。夫人从车里拿出一个大篮子，正在打开篮子的盖子。

　　当看到一只身上有着老虎条纹的大猫悠闲地蹿出来的时候，兔妈妈立刻屏住呼吸，全身都颤抖起来。那只猫伸出他的前腿，接着伸展后腿，而后伸了个懒腰，缓慢而凝重地走上了台阶，自己洗起澡来。他彻底地洗遍全身，把爪子和脚趾都洗得干干净净后，在阳

光下睡着了。

田鼠喋喋不休地小声讨论着，他们都十分恐惧，兔妈妈似乎就要晕倒了。见多识广的阿纳达叔祖很快平息了她的恐惧。"那只猫十四岁了吧，年纪一大把了。"他说，"难道你没有注意到他走路都很僵硬吗？还有他的牙齿，难道你没有看到他打哈欠的时候，露出的牙齿就像老树桩吗？他是个没用的家伙，对我们完全没有威胁。等着瞧吧！我会尽快走到他面前踢他的脸。"

很快，他们的注意力又回到了车上，此时车子正摇摇欲坠地颤抖着，很奇怪的样子。突然，有两三捆东西从车里滚了出来，接着像下雨似的又掉出许多东西。这时候，一个相当健壮、满面通红的女人从后门走了出来。

"嗯，索菲尼亚，这里就是我们的家了。它是不是很可爱啊？"那位夫人声音明亮地说。索菲尼亚满脸怀疑地朝四周看了看，拖着两件膨胀的行李走向了厨房。

菲威从后面拍拍兔爸爸的背说："你猜里面会有剩菜吗？会在哪里呢？哦，哦，我的天！我从来没有见过像她那种体型的女人不丢出一大堆剩菜的，还有很多种类呢，有鸡翅、鸭背脊、火腿、排骨……那么多，我可以每天吃一种，天天换花样，简直太好了！"

"人类可以煮出美味，"兔爸爸继续说道，"而且他们会非常慷慨地了解我们的需要和习惯。但是这种事在这里很少见，不过在蓝草城……"

"哦，你和你的蓝草城……"菲威打断兔爸爸的话。

"闭上你的嘴吧，"阿纳达叔祖严厉地说，"看看他们卸下来的东西里，是不是有陷阱，或者弹簧枪、毒药、步枪、猎枪、网，这些才最重要。"

他们就这样看着，直到每一个包都被卸下来拿到屋里。他们一直观察到傍晚，直到最后一抹阳光拂过猫的身上，看着猫僵硬地站起来伸懒腰，然后慢慢地走到厨房的门口。动物们各自分散开，纷纷回到了自己住的地方。

对于看到的一切，大家都十分满意。没有看到明显的陷阱和弹簧枪，也没有看到其他致命武器的痕迹，显然那只猫无害，而且也没有狗。夜幕降临，大家都很高兴地看到大房子里有了灯光，新邻居一家在厨房里做菜，搅拌着什么，发出愉快的哗啦声。胡桃木燃烧的气味在空气中飘荡，客厅传出摆盘子的声音。这时候，小乔治高兴地唱起来：

> 有新邻居来了，哦，我的天！
> 有新邻居来了，哦，我的天！

第三章

一 读书毁人心智

　　新搬来的邻居可能还不知道，虽然接下来的几天，小动物们没有像刚来那天那样关注着他们，但是却一直躲在杂草丛里，用明亮的小眼睛看着他们的每一个动作，歪着小耳朵听他们说的每一句话。

　　新邻居搬到这里的第一个早晨，兔爸爸和阿纳达叔祖决定去了解一下那只名叫马尔登的猫。此时马尔登正躺在第一级台阶上晒太阳。当兔爸爸跳过前院的时候，马尔登在视察新环境，他们之间的距离只有几十厘米那么远。马尔登只是漫不经心地看了兔爸爸一眼，然后继续打量着周围的一切。阿纳达叔祖试了一下，虽然没有像之前所说的那样踢到马尔登的脸，但是毕竟离马尔登已经足够近了。阿纳达叔祖朝着马尔登骂了几句脏话，马尔登也只是摇摆了一下身体，打了个哈欠就睡着了。

阿纳达叔祖的做法给其他的小动物壮了胆，威利和他的几个小堂兄弟聚集在一起，围成了一个半圆嘲弄马尔登，还朝他做鬼脸。他们跳上跳下地唱起侮辱他的歌来：

> 马尔登，
>
> 是一只浣熊，呦呦呦！

但是，马尔登只是把爪子放到耳朵上，然后继续睡觉。

"哼，"阿纳达叔祖哼了一声，"他对谁都没有威胁。"

兔爸爸当然希望搬来的新邻居是名门世家，因为他很重视礼貌和教养。到了下午，机会来了。这一家人出门上车了，兔爸爸和他的朋友们耐心地等在一旁，直到他们离开。随着汽车轰隆隆地开上

第二章

车道，他们突然从车轮子后面直接蹿了出去。

还好，那个人猛地一脚踩下刹车，车子停住了。他和他的夫人摘下了帽子，异口同声地说道："晚上好，先生，祝您好运。"然后他们戴好帽子继续慢慢地开着车出去了。

兔爸爸非常高兴。"现在，"他对其他动物大声地宣布，"我们可以知道他们是真正有教养和礼貌的人了。这不是要诽谤我们原来的邻居没有礼貌，没有教养，但是必须说的是，这是我搬到这里来之后，第一次遇到这种和善地对待小动物的人，这样的人在我原来生活的地方是普遍存在的，就在蓝草……"

"哦，你和你的蓝草，"菲威打断兔爸爸的话，"我对他们的礼仪并不感兴趣，我感兴趣的是他们的剩菜。"

此时，他们俩的争论被一阵烟味打断了，烟味总先于抽烟的人出现。原来是一个人带着一个拴在木桩上的木牌、铁锹、锤子和各种各样的工具走上了车道。当他在车道入口竖立那块木牌的时候，所有的动物都认真地看着他。"上面写的什么啊？小乔治，读给我听听，"阿纳达叔祖小声地说，"我的眼镜似乎真的找不回来了。"

小乔治拼读了出来。他说："请小心驾驶，这里有千奇百怪的小动物。"

"现在好了！我说，那可真好，"阿纳达叔祖认同地说道，"你看到这个一定也很高兴吧，小乔治！有小动物出入，请小心驾驶。

是的，看起来真是体贴啊！"

在其他方面，新来的邻居很快就达到了小动物们心里想象的那种好人的高标准。他们聚集在山坡上听灰狐狸说起一件事，这样使他们更加相信自己的判断了。

"他们似乎是真正知识渊博、和善温柔的人，"他说，"他们很安静，而且很友好。为什么这样说呢？你们听听我遇到的事吧。昨天下午我在四周侦察的时候，闻到一种香味，好像是油炸鸡的气味。我一边想着，一边通过花园长椅旁边的泥巴墙慢慢靠近。而他，那个男人当时没有吸烟，但是我知道他就在附近，也没有太在意。当我和他面对面的时候，他正在看书，随后抬头看了看。你们猜，他做了什么？他什么也没有做，只是坐在那里看着我，而我也愣愣地看着他，然后他说'哦，你好'，接着又继续读起书来，而我就回去做自己的事。现在我们可以知道他们是什么样的人了。"

百奇点头称赞说："而她——那位夫人，你们有谁听说了那个喧

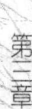

闹的下午发生的事吗？是的，那时候我正好在附近的田里，我想自己太粗心大意了，出门太早了，而且出现在那样开阔的地方，以至于十字路口的那条大狗突然冒出来冲我扑过来。当然，我不是害怕，但是当时的处境的确很糟糕，我后面没有什么可以隐藏的地方。我想着，不怕，就让他来吧！两三年前，我就已经在他的鼻子上留下几道抓痕了，因此他有点害怕靠近我，就在那里转悠，试着从后面攻击我。他吼着，咆哮着，在那里冲来冲去。就在这时候，那位夫人走出了花园，手里拿着香瓜那么大的一块岩石，你们猜她准备做点什么呢？

　　"她首先仔细地观察了附近的情况，站稳脚，然后把岩石扔向那条狗，正好打中了那条狗的肋骨！然后我就听到汪汪的喊叫声，那条杂种狗叫得真大声，你可以很清晰地听到声音，即便他已经到

了煤炭山！"

"你真棒，"兔爸爸赞同地说，"我确实听到了。这件事发生的时候，我正在女儿那里，她住在煤炭山，那天下午，我们刚好听到了狗叫声从远处传来，听那声音，好像是很不高兴呢！"

"你知道接下来那位夫人做了什么吗？"百奇继续说道，"她拍拍那双沾满灰尘的手，平静地看着我，笑着说：'你为什么不一直睁着眼睛呢，小笨蛋？'然后她又继续回去做自己的事了。我没有在蓝草地区居住过，所以也不知道关于贵族和上流社会的事，但是，我认为，而且敢和任何人打赌……"他的爪子捶打在土地上，瞪着这一小圈人说："我坚持认为真正上流社会的人，都应该像那位女士一样举得起一块石头！"

大家对百奇说的话产生了一些小小的争论。也许，对于人类来说，那只是一场不值得注意的小争论，但是对于小动物们来说却有着重大的意义。

路易正在重建石墙，那里正好是百奇的住处。当他已经接近洞穴入口的时候，那个男人说："路易先生，请留下那面墙吧！有一只土拨鼠就住在这下面，我们没有必要打扰他。"

"让他就待在这里？"路易惊叹道，"为什么，你不能让那只土拨鼠住在这里，他会毁了你的花园，我正打算明天带上猎枪来抓他呢！"

"不，不要用枪！"那个男人坚定地说。

"我也可以制作一个陷阱抓他。"路易建议道。

"不，也不要用陷阱。"那位夫人坚定地说。

路易挠挠头，说："嗯，当然，这是你们的地方，如果你们决定了，那么好吧！但是这样的话，就会看起来十分可笑了，这里已经很陈旧了，会有一些石块掉到新建的石头墙中间。"

"哦，我想这样很好。"那个男人一边走，一边笑了起来。

当蒂姆溜达到附近的时候，路易还在挠头。

"记得之前我跟你说过读书太多的人吗？"蒂姆说道，"这让他们变得很奇怪，同时也就是他们那么做的原因。为什么这些人会这样呢？他们人还不错，跟他们说话也很愉快，就跟你想象的一样，但是他们的举动却有点怪异。昨天，我跟他们说，最好毁掉那些洞，我还说可以帮他们设置几个陷阱。但是，他们只是说：'不，不用陷阱。'就像跟你说的一样。因此我又说带些毒药来放在洞口，他们又说：'不，不要毒药。'

"那好吧。我只好说：'要是洞穴不在这里，我可以给你们弄一个像样的草坪。'你猜他们这次说什么？'只要沿着洞种植草坪就好了。'他们说只要沿着洞种植草坪就好了，就好了。你相信吗？"蒂姆哼了一声，"他们还说这是在书上看到的。"

"然后，还有今天早上，"他继续说道，"我告诉他们应该在菜园四周围建栅栏，'如果你们不修建栅栏，就别想拥有一个好的菜园了。这山上的动物多得很，有兔子、土拨鼠、浣熊、鹿、野鸡、臭鼬，还有很多小动物。'这回你猜那位夫人说什么？"

"我很难想象。"路易说。

"你肯定猜不到，"蒂姆说，"她说：'我们喜欢他们，他们那样漂亮。'漂亮？你也这样认为吗？甚至她还说：'他们也会饿的。'

"我当时回答说：'是的，夫人。他们当然会饿，正如你必须接受悲伤一样，他们会吃掉你的蔬菜的！'

"那个男人这时插话说道：'哦，我想我们可以跟他们和睦相处。'他说'我们'，你听见了吗？'我想这里的食物够我们大家吃的，这也是为什么我要把菜园做得这么大了。'他这样说。"蒂姆伤心地摇摇头说，"这对于我们来说真是不可思议啊！他们真是好人，说话也中听，就是有点怪。也许有人会说，说他们读太多书了。我爷爷曾经说过'读书毁人心智'，我想他说得对。"

这时，路易拿起他的锤子把一块砖头整齐地分割开。"他们都是好人，但是，"他说，"这样似乎不妙。"

田鼠威利每天晚上都会被派去观察新来的邻居，他们当然不是不恶意地窥探什么，而是小动物们对新邻居即将在山上做什么很感兴趣，毕竟，这里也是动物们的家。

靠近客厅的窗口处有一个接雨水的桶，威利可以通过水桶顶部

跳到窗台上。虽然夜里很冷，但是燃烧的壁炉可以给他带来温暖，窗户微微地开着。他坐在窗台下黑色的阴影里。这样一来，威利可以安全地观察到里面的人，听他们说关于花园的计划。今晚他们谈论的计划里，已经列出了即将用到的种子和植物。

威利很努力地记住了他们所有的话。现在，他正在跟大家报告。威利在兔子的洞穴外面坐着，兔爸爸、兔妈妈、阿纳达叔祖、菲威、百奇，还有其他的小动物都认真地听着。

"有萝卜，"威利掰着他的爪子数着，"胡萝卜、豌豆、大豆、莴苣……"他快速地拨动着手指。

"莴苣豆蔓汤。"兔妈妈开心地说。

"玉米、萝卜、菠菜、甘蓝、花椰菜……"

"不赞成他们种外国的食物。"这时，阿纳达叔祖突然嘟哝道。但是，兔妈妈让他安静了下来。

威利继续说:"芹菜、土豆、番茄、辣椒、红白卷心菜、黑白覆盆子、草莓、黄瓜、西瓜、芦笋、南瓜,这些就是所有我能记起的。"

在威利报告完之后,所有参与大会的小动物们都深吸了一口气,然后就开始嗡嗡地讨论起来了。他们的谈话很快变成了一场争论,那就是谁家该拥有哪些蔬菜。直到兔爸爸站起来斥责他们注意的时候,他们才都安静了下来。

"你们都知道,"他坚定地说,"一直以来,我们山上都保持着一个习惯,通常这类问题都是在分配之夜解决。但是今年,这种习惯并没有像往年那样保持好,五月二十六日那天晚上,我们应该像往年一样聚集在菜园里,按照大家的饮食习惯和规则来分配食物。"

"那么,我可以参加吗?"这个时候,阿纳达叔祖说,"我只是来这里走亲戚的。"

"你是我们家的客人,"兔爸爸回答说,"你当然会得到我们的分配,这是习惯。"

"我会服从分配的,这真不错啊!"阿纳达叔祖说。

二 威利糟糕的一夜

蓝草几乎毁掉田鼠威利！他像往常一样坐在窗台上，看着屋子里的人。今天晚上，他们做完了园艺计划，谈论该种什么样的草籽。显然威利不是特别感兴趣，所以他也只是随便听听，然而，当他听到一个熟悉的词语的时候，突然像触了电似的站了起来。

"瞧这本书，"那个男人说，"上面建议说白三叶草和肯塔基蓝草混合种在一起。"

"蓝草！肯塔基蓝草！兔爸爸知道了一定会很高兴的！必须立即告诉他！"

匆忙和激动使威利变得非常粗心，几乎不可原谅。他原本应该记住雨水桶的盖子又旧又烂，上面还有一些危险的洞。但是现在他全然没有注意到，便直接从窗台上跳了下来，跃进了桶盖上的一个窟窿里。掉下去的时候，威利疯狂地想要抓住什么东西，却只抓住了一些碎木屑，然后直接掉进了冰冷刺骨的水里，这种感觉让他作呕。

冰冷的空气跑进他的肺部，威利浮出水面大口大口地喘着气，他拼命地吸了一口气，喊了一声"救命"之后，又沉入了水中。这时候，他已经非常虚弱了，仍慢慢地往桶的一边挣扎，但是桶壁上有很多苔藓，他的爪子也已经麻木了。他又微弱地喊了一声"救命"，心里想着为什么没有谁来救自己，兔爸爸、乔治、菲威都在哪里？

他迷迷糊糊地听见一点声音，看见一点光，但是，很快沉入了水中。然后，他就什么也看不见，什么也听不见了。

当威利的眼睛终于睁开的时候，首先看见的是那家人的脸，他们正弯腰看着自己呢。他们这么近距离地看着威利，使他感到十分害怕。一切看起来就像是一场噩梦！他试图钻进软绵绵的棉花里。这时候，他闻到了香甜的牛奶味。一个人拿着医药滴管出现在他的面前，滴管的一端挂着一袋白牛奶。威利虚弱地舔了一下，那是多么美味啊！牛奶里应该还添加了一点什么别的东西，让他的身体产生了一股暖流。他感觉好多了，已经可以吸滴管了，他把里面的牛奶都喝光了。啊！他感觉更好了！身体顿时感觉温暖而舒适，眼帘

也跟着低垂下来，又渐渐睡着了。

威利没有按时来到兔子窝做报告，动物们都感到很不安。阿纳达叔祖和兔爸爸立即组织了一个搜索小组，但是都没有找到威利的半点踪迹。

菲威说，不久前，在废旧通道里，好像听到有田鼠哭泣的声音。而且，他还看见屋里的人打着手电筒急急忙忙地出来，不知道站在雨桶那儿干什么。

威利最年长的表弟爬上窗台，但是发现窗户紧闭着。灰色的松鼠醒来了，被派到屋顶去调查，楼上的窗户都一一检查过了，也没有发现什么异常。

"难道是那只老猫做的？"阿纳达叔祖喊道，"虚伪！虚伪的恶棍！还装作是一个无害的老家伙。真希望我可以像原先计划的那样踢他的脸。"

百奇却认为是一个陷阱。"是蒂姆制作的陷阱，"他说道，"他总是在说他的陷阱和毒药，威利很可能是被他们设置的陷阱捉到了。"

兔爸爸几乎没怎么说话。整个晚上，他都跟阿纳达叔祖，还有小乔治在山上像侦察犬一样，搜寻着每一寸土地和墙面，包括灌木丛。直到黎明时分他们才放弃，疲倦地回到了兔子窝。兔妈妈准备好早餐等着他们，她眼睛红红的，鼻子也是红的，很明显哭过。

在所有的动物之中，鼹鼠是最悲伤和愤怒的。威利是他最好的朋友，是他的眼睛，现在威利不见了，他却帮不上忙。

"我要给他们好看，"鼹鼠坚定地说，"我一定要给他们一点颜色看看。他们再也别想花园里还可以有一点草根，更别说树丛，我要把所有的东西都毁灭掉，我要在这里打洞，四处挖洞，而且要把每个朋友的洞穴都连在一起，从这里到丹波利路，我要撕裂这个地方，直到他们再也看不到任何希望。"鼹鼠现在完全被愤怒蒙蔽了，他疯狂地冲进附近的草坪。一整晚，所有的动物都可以听见他的嘟哝声，都可以看见地面的涌动，就像汹涌的波涛一样。

威利再次醒来的时候已经是黎明时分了。房间里很冷，但是灶台上的余烬还在冒烟，砖里还传出让人舒服的温暖。他小心翼翼地从睡着的纸板盒子里爬出来，然后靠近燃烧着的煤块。他所有的肌肉都感到僵硬和酸痛，而且还有点走不稳，但是已经感觉好多了。他舔了舔身上的毛，那牛奶很好喝，不管里面放了什么东西，还真希望可以再喝点。他想回家了，但是门窗都是紧闭着的，根本没有出去的路。

太阳升起来了。这时候，威利听见有脚步声穿过房子。他闻到了男人的烟味，还听见马尔登离开软脚垫踏在地上的声音。他害怕极了，疯狂地寻找着藏身的地方，但是小屋里没有什么好的藏身之

处。壁炉的两边从地板一直扩展到书架，然后到天花板，他绝望地跳向第一排书，蹲在一个黑暗的书架角落里。这时候，门开了。

有人走了进来，他们首先检查盒子。"哦，嘿，他走了，"男人说，"他一定感觉好多了。想知道他在哪里吗？"

那位女士没有回答，她看见马尔登正悠闲地在书架旁边蹭着。

威利紧靠着书架，耳朵贴在上面偷听着，当猫越来越靠近的时

候，他的心也跳得越来越厉害了。猫的头看起来很大，嘴巴张开着，露出了两排白色的牙齿，他的眼睛是黄色的，正闪闪发光。威利害怕极了，只能无助地看着红色的嘴张开，张得越来越开。他能感觉到猫身上的气息，那是一股很浓的罐装鲑鱼的味道。

这时候，马尔登打了一个喷嚏。

"在这里，"那位女士平静地说道，"在书里面，在角落里。来，马尔登！别再吓到这个可怜的小家伙了，他已经遇到太多的麻烦事了。"她坐了下来，猫也走了过去，跳到了她的腿上，然后趴着睡起觉来了。那个男人打开了外面的门，也坐了下来。

过了一段时间，威利逐渐恢复了平静，他壮着胆子一步一步地走了出来，走了几步，什么事也没有发生。于是他开始在房间里贴

着墙根走动，在每一件家具面前停一下，然后继续走。当他几乎到了门口的时候，回头看了看身后。

那位女士仍然静静地坐着，她的手指慢慢地抚摩着马尔登的下巴。马尔登微微地打着鼾，男人的烟管里发出阵阵呼呼声。

威利急忙冲出去，跑进了阳光里。他穿过露台，为自己重获自由而欢呼。但是，当看见外面的草坪的时候，他呆住了。光滑的草坪上布满条纹，有盘旋的，还有交叉的，这是怎么回事呢？鼹鼠完全疯了，一切都是他的杰作，简直没有一丁点地方是整齐的。他挑选了最近的路，找到两个洞，一头就扎进洞里去了。

"鼹鼠！鼹鼠！"他沿着通道，一边走一边喊着，"是我啊，鼹鼠！是我，威利。"

蒂姆双手叉腰，站在草坪前面。看到他精心劳动的成果变成了现在这个样子，气得咬紧了牙，把嘴唇都咬成了紫红色，脖子也因为生气变成了红色，似乎已经肿了起来。

"看看！"他气急败坏地说，"你看看啊！我说过什么来着，你老是说'不，不要用陷阱，不要用毒药'，哦，天哪，不！现在看看啊！"

男人深深地吸着他的烟管，抱歉地说："真是有点乱，对吧？我想，我们要重新收拾一下。"蒂姆盯着天空小声地说："我们不得

075

第三章

不再收拾一下！我们不得不这样做！哦，老天，赐予我力量吧！"

他拖着沉重的步伐回去拿耙和碾土机。

第四章

一　分配之夜

　　白天越来越长，太阳也一天天升得更高了。随着白天的延长，小动物们的心情也越来越激动。现在花园里，一排一排绿油油的蔬菜旺盛地生长着。草坪上，新生的绿草像是厚厚的绿毯子一样，光滑而美丽。而鼹鼠呢，他对自己先前横冲直撞的破坏性行为感到非常羞愧，一直严格地要求自己绝对不再靠近草坪。每个晚上，兔爸爸都会去视察蓝草。因为它们长得很慢，所以估计到今年年底也不会长得太高，但是到明年夏天的时候就完全会是另一种情景了。哦，我的天！而百奇——正从他的洞穴入口满意地观察着茂盛的小麦地。

　　在养鸡场，无数小鸡在鸡妈妈的身边跑来跑去，他们无休止地吵闹着，鸡妈妈一边咯咯咯地笑着，一边责骂着他们。菲威和灰狐狸经常一大早就停在这里看着他们，菲威很满意索菲尼亚如此慷慨地把垃圾桶放在这里，他很喜欢吃人们吃剩的鸡肉，那些都是烹饪过的，味道好极了，他还经常劝说灰狐狸也尝尝。一开始，对于菲威的说法，灰狐狸不以为然地说："我更喜欢新鲜的。"但是，在吃过南方油炸的鸡翅膀之后，他一下子就喜欢上了吃剩的熟鸡肉，经常会加入菲威的午夜大餐。

每个夜晚，动物们都会视察花园。装种子的小包绑在一根根棍子的顶端，他们仔细观察后发现，小包上面有许多不同颜色的漂亮图片和文字。当然小乔治不得不为阿纳达叔祖读上面的字，因为他老是说丢了眼镜。

每个动物都记下了家人的口味和对蔬菜的需要，他们晚上就要

分配了。

期待已久的时刻就要来了，这里的菜园比一般的菜园都要大，即便挑剔一些也还是有足够大家吃的东西。

那是一个明亮的夜晚，皓月当空，所有的动物都聚集在山上阐述着各自的主张。菲威和灰狐狸充当法官，因为他们不是素食者，大家也都相信他们可以做出公正公平的决定。可是，大部分话都是兔爸爸说的。

但是，一个问题出现了，这是以前从来没有出现过的分歧。由于田鼠威利和亲戚们非常感激从雨桶里把他救出来的人，所以提出空出菜园里的一小块，供那家人专用。兔妈妈也非常支持这个建议，因为她对车道上的标志一直很感激。这时候，就产生了不同的意见。百奇的观点似乎代表了大多数动物的想法，他说："让他们自己看着

办吧，我们可不愿意这样。人们不尊重我们的要求，我们为什么要给他们特殊的待遇呢？这根本不民主！"所以，最终建议还是被否决了。

显然阿纳达叔祖在这里得到的优待好像也有点过分了，毕竟他不是这里的居民。但是，因为他是兔爸爸和兔妈妈很重视的客人，所以大家表面上没有什么大的异议，虽然私底下还是有点意见。

会议总体来说进行得很愉快、有秩序，跟以前的会议很不一样，之前的菜园太贫瘠了，真没什么可吃的，总是会引发大家的争论。

兔爸爸在致闭幕词的时候说起了心中的想法："看来我们遇到了一家热爱劳动、慷慨大方的邻居。他们说要在菜园里种植大量的蔬菜，还有植物，这是我这么多年来一直所盼望的事情。因此，我们要严格地遵守规则和规定，还要注意一直观察山上的情况。

"每个动物的蔬菜应当根据他和他的家庭的需要来分配，如果想要侵犯别的动物的财产的话，那么我们绝对会把他从我们这儿赶出去。

"如果有哪家分配到的蔬菜被偷了，而蔬菜不够吃的话，我们其他的动物将会给予救济。

"最后，请谨记，在仲夏前夕到来期间谁也不许动任何蔬菜，这条规则至关重要。长期以来，生活的经验告诉我们，过早的采摘会导致大家后期生活陷入困境，只有在它们成熟之后才能供应大家的需求。因此，我希望你们要有耐心，要控制好自己。大家都有责任和义务遵守规则，否则就要接受处罚。另外，我还要提醒你们，百奇，还有灰狐狸，这个禁令同样适用于鸡和鸭子。"

"这些都跟我没有关系,"菲威插话道,"剩菜可没有季节之分。跟我来吧,灰狐狸,今晚是炸鸡夜宴!我要先走了。"

散会后,动物们非常满意地散着步回家了。一群年轻的动物唱起歌来:"开心的日子又回来了!"当然,他们还得等到仲夏来临的时候,现在地里绿油油一片,有许多可以吃的食物,菜园看上去一定会大丰收的。这个家的女主人总是规划着保存足够的食物。兔妈妈提出一个建议,那就是建一个新的储藏室,这是她长期以来的渴望。阿纳达叔祖可以帮着挖掘,而小乔治现在也已经成了建造货架的好手。今天一大早,小乔治就被打发去十字路口的胖大叔那里搜寻能够用得到的物品,而兔妈妈坐在外面继续阐述自己关于储藏室的计划。

突然,一束强烈的光照了过来,随之传来一声可怕的惊叫,那

声音使兔妈妈感到很恐惧，引起一阵战栗。原来那是汽车的紧急刹车声，还伴着汽车轮胎滑行的哀号。然后就是一片寂静。黑色的路上出现了一个人，他在咒骂着什么，紧接着，马达声又响起来了，汽车又继续轰隆隆地向前开了起来。

兔妈妈喘了一口气，急急地叫一声"乔治"，然后就晕倒了。兔

爸爸和阿纳达叔祖飞快地跑到路上去，他们听见红鹿闪电般冲过灌木丛跑下山时的声音，还听见百奇喘息着叫田鼠威利快点。

他们都以最快的速度奔跑着，不过房子里的人出来得更快。兔爸爸听见他们的脚步跑过砾石路的嗒嗒声，还看见他们拿着一把泛着蓝光的手电筒。动物们都拥挤到了灌木丛里，他们盯着那条可怕的黑色之路，看见两个人弯腰下去，看见一个一瘸一拐地走着的小

东西，他们听见那个男人说："在这里！把灯提高点。"接着又看见他把外套脱下来铺在路边。这时候，他又说："没事了，没事了。"然后便跪下来，轻轻地把那个小东西裹在了衣服里面。他们看着那个男人仔细地抱着手里的东西，拖着沉重的步子走过车道。男人旁边那位夫人的脸在月光下很苍白，她正在说的话可是上流社会的夫人从来不会说的。

二 愁云笼罩了小山

巨大的悲伤像愁云一样笼罩了整座小山，因为小乔治在所有年轻的小动物之中最受到大家喜爱。他的活力和热情常常给年纪大一些的动物带来快乐。他总是冒出无穷无尽新鲜的想法，他是兔妈妈的无价之宝。对于兔爸爸来说，小乔治是一个聪明的学生，也是一个意气相投的狩猎伙伴。他们曾一起奔跑到很远的地方，曾在很多时候父子联手同心协力逃过狗的追赶，有时候还会拿一条浮躁的狗开玩笑，可是他们都会很快就回来。而现在，可怜的兔爸爸完全被悲伤给控制了。

兔妈妈整天躺在床上休息，而他们居住在煤炭山的女儿哈泽尔被叫过来照顾家里。哈泽尔不是一个很好的厨师，而且还带来了她

的三个小孩。阿纳达叔祖为了让大家感觉不那么难过，找了很多话题出来闲聊，他就这样和菲威、百奇和红鹿一起度过了好几个小时。

"小乔治是多么喜欢奔跑啊，"红鹿悲伤地说，"跑得多快啊！有很多次，他跟我一起跑完维斯顿路，都不是为了做什么事，而只是好玩。我们会在早餐之前回来，他真是年轻。有时候我会问他：'你不累吗，乔治？'他只是笑着说：'累？这只是热身罢了。'随后他又继续跑起来。我要拼命跑才可以追得上他。"

"他还有相当好的跳远天赋呢，"阿纳达叔祖说，"他曾经跳过了那条死亡溪，我看见过他起跳后落地时留下的脚印。我估算了一下，那条溪有五米多宽呢！而且从来没有兔子跳过那么宽的地方，以后也没有别的兔子可以跳得更宽。"

百奇摇着头说："他总是很快乐，又笑又唱的，尽管他唱的都不

第四章

085

一定对。"

"该死的车！他们到底是怎么开的啊？"阿纳达叔祖愤怒地说，"我一定要抓住他们，好好收拾他们！在一个下雨的晚上，当那辆破车开到这条黑色泥泞路上的时候，它一定会打滑。在那车开过来之前，我会隐藏在路旁，然后突然从它的前面跑过去。这样肯定会吓他们一跳！你们就会看到他们紧急刹车，不断左转右转，最后撞到那边的石头墙上去。

"我年轻的时候，也是非常倔强的。在丹波利的那座山下，我毁了四辆车，其中三辆完全坏掉了。尽管，那都是很久以前的事情了。"阿纳达叔祖无奈地叹了口气，"可惜现在我的精力有些不足了。"

他们悲伤地坐在那里，直到太阳慢慢地躲到了松树林后面，夕阳把一片荞麦照得闪闪发光。"要是以前，这会儿他肯定跑来跑去的，但是现在……"百奇说，"他总会说：'晚上好，百奇先生。'他总是跳着，叫我先生，尽管我认为这样的称呼不太准确。"

时间慢慢地过去了，即便到了仲夏夜，他们糟糕的心情还是没有得到半点缓解。动物们看着菜园也没什么兴趣。菜园里，胡萝卜已经长出了长长的叶子，有鲜嫩的豆蔓、嫩绿的莴苣、玉石般的卷心菜，还有成排的结实的豆子，要是在以前，小动物们看到这些一定会很欢喜，但是现在似乎没有谁来关注这些了。

对兔爸爸来说，这个夜晚只有无尽的悲伤，没有半点快乐。本来他们计划今年等到他和兔妈妈把橱窗装得满满的时候，要好好庆祝一下。还打算把所有的小动物都请来，兔妈妈会特别准备莴苣豆蔓汤，还有几小瓶珍藏的木花酒，中间还会做游戏，充满笑声和歌声，像以前的好日子那样。

现在，尽管新库房还没有建成，兔爸爸和阿纳达叔祖也没有心情再做了，小乔治本来想做货架的。兔妈妈也没有心情做任何庆祝，最近她刚可以从摇椅上坐起来。

黄昏时分，兔爸爸坐在兔子洞外面，听着屋里的三个小孩吵闹着。兔爸爸的女儿在嘈杂的环境中漫不经心地洗着盘子。旁边的阿纳达叔祖断断续续地打着盹。

突然，兔爸爸感觉到有一小群动物正在快速地朝兔子洞跑来。他听见田鼠威利兴奋的呼喊声，还有他的堂兄弟发出的吱吱声。他看见菲威的眼睛里发着光，还有百奇，他激动得有点走不稳路了。当他们接近洞口的时候，威利直接冲了进来，他兴奋地吼叫着。

"我看见他了！"威利大声地喊道，"我看见他了！阿纳达叔祖，你快醒醒啊，我看见他了，我看见小乔治了！"

哈泽尔像是突然挣脱了束缚一般跑到了门边，她的手上还滴着洗碗水呢，伴随着田鼠威利疯狂的喊声，她的三个孩子叫闹得更大声了。兔妈妈直接从椅子上跌了下来，而阿纳达叔祖连人带椅子往

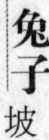

后倒了下去。"让孩子们安静点儿！"阿纳达叔祖大声地喊道，然后从地上爬了起来。"怎么可能有谁……"每个小动物都叽叽喳喳地说了起来。

菲威用前脚用力在地上跺着。"保持安静！"他喊道，他的毛和尾巴都微微地翘了起来，"谁要是再说一个字，我就……"这时候，

所有动物立刻安静了下来，因为菲威从来没有这样说过话。"现在，威利，"他兴奋地说，"你继续说。"

"嗯，"威利喘了一口气说，"我在窗台边，看见一个新的雨水

桶盖子，我想通过它爬到窗台上去，于是我就跳上去了，那真是一个结实的盖子。我从窗台上往里面看，然后我就看见了——小乔治！他正躺在那位夫人的腿上，就躺在她的膝盖上，而且……"

"那只无能的老猫呢？"阿纳达叔祖打断威利的话问道，"他在哪里？"

"他就在那里，而且在给小乔治洗脸。"威利回答道。

看见大家你一言我一语地谈论着，一副不相信的样子，菲威又激动地翘起了尾巴。

"他是那样的，是真的，"威利继续说道，"给小乔治洗着耳朵和其他地方。而且，小乔治似乎还很享受呢，把头伸向马尔登，也就是那只猫。你们知道吗？马尔登还为小乔治梳理脖子上的毛。"

"这样也是有可能的，"阿纳达叔祖说，"根据我所了解的，当然你们也是知道的，这样来说他的话应该都是真的。"

"他看起来好吗？"兔妈妈呼吸急促地问道。威利犹豫了一下说："好，他看起来还不错。只是他用来跳跃的四肢，好像用绷带缠起来了，和树枝绑在一起。"

"他可以走路吗？"兔爸爸很快问道。

"嗯，我不清楚，先生。你知道的，他只是躺在那位夫人的膝盖上，因此我不知道，但是他看起来真的很舒服很高兴。"

"谢谢你，威利，"兔爸爸说，"你真是个好孩子，不仅有敏锐的观察力，而且很体贴。我们非常高兴听到你带来的消息。如果你能探听到更多的消息，我们会万分感激你的。"

这时候大家都轻松了不少，开始热烈地谈论起来，当然也有很多问题和猜测。这个喜讯很快在山上蔓延开了，就像黑暗里散开的晨雾。

每个人都来表示祝贺。当然，兔妈妈还是很担心，但是总归有希望，心中没有像出事的那个夜晚那样忧虑了。大家都激动地流着眼泪，就连百奇，那个总害羞和孤僻、很少参加集体聚会的百奇也来了，他伸出粘着土的爪子，生硬地说道："夫人，夫人，我……我们，嗯……唉！"接着，他突然就离开了。

三 紧张和冲突

第二天一大早，兔爸爸和阿纳达叔祖就开始在新库房工作了。本来闷闷不乐的小动物们全都高兴起来，兔妈妈也开始兴高采烈地做家务，有时候还嗡嗡地哼唱一两句小乔治常唱的歌。哈泽尔和三个叽叽喳喳的孩子回家了，走之前兔爸爸和兔妈妈跟他们说了许多答谢的话。而阿纳达叔祖掩饰不住开心地说道："现在总算可以好好休息一下，不然耳朵都要被吵聋了！"他哼了一声，然后继续铲土。

好几天过去，储藏室也做得差不多了。只是有一点让兔爸爸和阿纳达叔祖还有些担心，那就是威利再也没有得到任何关于小乔治的消息了。

每天晚上，威利极小心地爬上窗台观察房间里的情况，但是这家人大部分时间好像都在楼上的屋子。所有的动物都睁大眼睛看，竖起耳朵听，但是也没有听见或者看见一点关于小乔治的信息。

他们肯定小乔治还在这里。因为每天清晨，那位夫人都会采摘一篮子带着露珠的三叶草、胡萝卜叶子、新鲜的莴苣或者鲜嫩的豆蔓。从她采摘的植物来看，不仅说明小乔治就在那里，而且还说明他的胃口很不错。

几周时间悄悄过去，还是没有任何关于小乔治的新消息。眼看仲夏就要到了，他们越来越焦虑，脾气变得越来越坏了。对于阿纳达叔祖和兔爸爸来说，易怒增加了工作时间，使他们完全没法静下心来认真工作。如果换作小乔治来做那些货架，他们肯定很快就做好了。但是，这些工作花费了阿纳达叔祖和兔爸爸好几天的时间，有几次还不小心把爪子都弄破了。当工作全做完的时候，大家看见那些货架都是摇摇欲坠的，他们俩却因为劳动全身疼痛，这样看来，显然他们的付出和成果不成正比。

阿纳达叔祖的爪子已经连续受伤四次了，他很生气，直接把锤子扔了，气呼呼地离开，去百奇那里了。他的心里已经完全被愤怒和担心占据了，并产生了怀疑，现在，他急需找人聊聊。

"你知道吗？"他说，"我不相信那些新来的邻居，一个也不相信。目前我很担心小乔治啊。你猜，我想到什么？我猜想他们是抓小乔治做人质。记住我的话，接下来的仲夏夜，如果我们中间有谁动了他们的蔬菜，他们就会折磨小乔治，或者，他们会把他弄死。"

"现在，他们也许正在拷问小乔治，"阿纳达叔祖继续闷闷不乐地说，"他们会拷问他，戏弄他，试着让他说出所有关于我们动物的事。这样，他们就可以给我们下毒、布置陷阱，或者用弹簧枪射击我们。现在，威利说他们用棍子绑住小乔治的四肢。那好像就是一些施加酷刑的工具。噢，先生！我不相信他们，我更不相信那只狡猾的老猫，我要踢他的脸。"

阿纳达叔祖的怀疑在其他的动物那里传开了，引起大家的争论。

第四章

兔爸爸、兔妈妈和红鹿不愿意相信新来的邻居如此邪恶，不相信他们会吃掉灰狐狸和菲威，都肯定那些人善良友好，才会把那么多丰富的剩菜放在外面，让动物们可以找到食物。

但是，其他动物都倾向于相信阿纳达叔祖的想法，所以两边的争吵越来越频繁。就像往常一样，谣言被疯狂地传开了。深夜，大家看见大屋子里的灯亮着，还听见了奇怪的声音。一只臭名昭著的负鼠，声称听见了小乔治痛苦的尖叫声。

更糟糕的是春天的雨季到了。每天乌云都会从东方顺着风吹过来，在整个山谷的上空滚动着，不停地飘洒着雨水，整个山谷就像一个淋浴房似的。寒冷的东北风吹着，带着薄雾的潮气吹进了山上四处散落的洞穴。于是屋顶开始漏水了，墙上都出现了霉菌和真菌，

烟囱都被熏得漆黑。动物们都怕冷，没有谁敢出门，就都战栗着围在暖炉旁边。对于菜园里的植物来说，这种天气是有利的，但是动物们感觉很不舒服。

虽然还下着雨，而且地上满是泥浆，但是每一天，兔爸爸都会去山上探听小乔治的消息，他回来的时候全身都湿透了，全身都是泥，他每次都阴郁地回来，但还是没有得到半点消息。一整天，阿纳达叔祖都会蹲在火炉旁边，抽着他那臭烘烘的烟管，一边喃喃自语着一些悲观的想法。这样，很自然的，兔爸爸又跟他争论起来了。听到这些，兔妈妈也一边抹眼泪，一边说着悲伤的话，就像是下着的雨一样，愁绪连绵不断。阿纳达叔祖愤怒地拿起行李离开这里，去跟百奇一起住了。在那里，他滋生出更多反叛情绪，怀疑和仇恨也与日俱增。

连百奇都不得不承认，阿纳达叔祖有点疯疯癫癫，但是那些无知的动物急切地接受了每一个奇怪的猜疑，而且他们都变得越来越激动。山里的规则被扔到了一边，有些动物甚至建议使用暴力，计

第四章

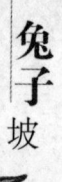
划在仲夏之前，把菜园、花园和草坪废掉，无情地屠杀每一只小鸡和小鸭。

在一个暴风雨的夜里，动物们开了一个会议。兔爸爸用他的口才和红鹿的权威，终于成功劝说了所有的动物遵守古老的规则和习惯。随着暴风雨过去，天气晴朗起来，小动物们的心情也平和了许多。

在同一时间里，路易一直在花园里忙碌他的工作。他的创作真是可爱，一棵棵松树围绕着一个小小的草坪，一直往下延伸至圆形的岩石花园。那里有两张凳子，家里的两个主人已经养成了习惯，在每个温暖的夜晚都会坐在那儿。这样，小动物们就无法看到路易在做什么了。

动物们都在猜测到底是怎么回事，阿纳达叔祖很快就给出了一个解释。

"他们在建造一个地牢，"他喊道，"建造一个把小乔治关起来的地牢，只要我们敢动一下他们的蔬菜，小乔治就会在那里受苦，他们会折磨他，用铁棍戳他，不给他吃饭，也许还会往他身上泼热油！"

动物们就在这种混乱的怀疑中，不开心地度过了仲夏前夜。这个时候，有人送来了一个沉重的木质包装箱。

那是蒂姆的卡车，上面有滚轮，蒂姆、路易、那个男主人，加上其他几个人的帮忙，才终于把它搬了下来。这样，路易才可以用那滚轮来整理草坪。看到这些，阿纳达叔祖很快又说了一些新的谣言，他说："他们这是要在那里制作陷阱，也许还会使用弹簧枪和毒药。"

车里放置着大量锤子之类的工具。路易和那些帮忙的人不断地在附近进进出出，直到仲夏那天的下午，他们才完成了工作。凡是他们处理过的地方全都被路易用防水油布盖起来了，在中央的位置有什么东西立着，使防水油布在夕阳的照耀下看起来就像是一个帐篷。

百奇和阿纳达叔祖在山上一个安全的地方看着这一切，觉得很可疑。

"那是个绞架，"阿纳达叔祖阴森地说，"那肯定是个绞架，就是那东西，他们就要用那个东西绞死可怜的小乔治！"

第四章

四　大家都有份

太阳已经下山了，西方金色的光芒也渐渐退却，只留下一抹清凉的蓝绿色。金星低垂着挂在松树梢上，明亮夺目。一开始，只有一颗星星，但是随着夜越来越深，小一些的星星也开始不断地冒出来。一轮新月像镰刀一样高高地挂在天上。

随着夜幕降临，草地里传来轻微的沙沙声，原来是一只小动物正在悄悄地穿过草地，留下一串漂亮的小脚印，一直延伸到菜园里。今晚是仲夏夜，小动物们的聚会即将开始了。

在圆形的小草坪边上，那一家人静静地坐在那里，男主人坐在一棵大松树的影子下面。动物们看见一张张昏暗的雪白石凳，还有男人一闪一闪的发着光的烟管。苍白的月光照在像帐篷一样的灰色防水油布上，看上去像一盏召唤动物们来这里的灯塔。他们不是聚集在菜园里，而是全都向圆形的小草坪靠拢。慢慢地，默默地，一步一步地走着，他们穿过高高的草丛和灌木丛的阴影。直到最后，围绕着空地的全都是那些紧张的小动物，他们正等待着未知的事情发生。

月光越来越明亮，小草坪像一个被灯光照射着的小舞台。女主人正一动不动地坐在板凳上，马尔登正在她的旁边打瞌睡。四周很安静，他们可以清楚地听到他的呼噜声。

突然，这里的安静被阿纳达叔祖刺耳的哭泣声打破，他一边颤抖着走到这里，一边哭着。他的眼睛深陷，耳朵歪在一边。

　　"他在哪里？"阿纳达叔祖疯狂而嘶哑地问道，"他在哪里？那只狡猾的老猫在哪里？让我去找他！他们不可以绞死我们的小乔治！"

　　兔妈妈从暗处跳出来喊道："阿纳达叔叔，回来！哦，阻止他，快来阻止他啊！"

　　这时候，那位夫人的腿上有什么东西突然动了起来，然后大家就听见了小乔治高兴的声音。他喊道："妈妈！"小乔治在夫人的腿上轻轻一跃，跳到地上，飞快地穿过了空地。"妈妈！爸爸！是我，你们的小乔治。我很好，看看我，看看啊。"

　　明亮的月光下，小乔治在草坪上快乐地跳来跳去，就这样一遍又一遍地跳着跳着。他在阿纳达叔祖面前跳得很高很高，还翻了一

个筋斗。然后他蹿到板凳上，开玩笑地踢了一下马尔登的屁股，老猫懒洋洋地抓住他，快乐地玩起了摔跤，最后落到地上，发出砰的一声。这时候，马尔登突然想起了自己的年龄和尊严，赶紧爬回板凳。不一会儿，他的呼噜声又轰隆隆地响起，就像远处的磨坊发出的声音一样。

看到小乔治，动物们都很高兴，兴高采烈地谈论起来。但是，当那个男人站起来，走进防水油布的时候，大家立刻安静下来。他解开了绳子，动物们都屏住了呼吸，在看见防水油布下面的东西之后，一百多只小动物都大大地松了一口气。

鼹鼠抓住威利的手小声问道："那是什么？威利，那是什么啊？威利，做我的眼睛吧！"

"哦，鼹鼠，"威利喘着气说，声音很小，"哦，鼹鼠，他是如此美丽。是他！鼹鼠，是他——圣人！"

"他是……圣弗朗西斯？"鼹鼠小心翼翼地问道。

威利激动地回答道："是的，鼹鼠，是我们的圣人。善良的圣弗朗西斯，他很爱我们小动物，而且会保护我们的心灵和生命。哦，鼹鼠，他是如此美丽！虽然他是石头做的，但是他的眼神还是如此慈祥，如此明亮。瞧！他穿着一件长长的袍子，很破旧的样子，还可以在上面看见补丁呢！

"而且，他的脚边全是小动物，都是像我们这样的小动物，全是石头做的。这里是你和我，还有鸟、小乔治、百奇和灰狐狸，甚至还有跳跃着的蟾蜍。而圣人的手正向我们做着祝福的动作，从他的手里还有什么东西翻滚着掉落下来。哦，鼹鼠，亲爱的，那是凉爽的水，那些水都落入他前面的水池里。"

"我几乎可以听见水溅起来的声音，"鼹鼠小声地说道，"而且我几乎闻到清澈泉水的气味，还能感觉到它的凉爽。来吧，威利，跟我一起过去看看！"

"那是一处很棒的饮水的地方！鼹鼠，它的边沿都很浅，鸟儿们还可以在这里洗澡。还有，水池的镶边是一圈宽宽的石头，就像货架一样。而且，上面放着很多很多好吃的东西，像一场盛宴。哦，鼹鼠，石头上还刻着字呢！"

"上面说什么啊？威利，刻在上面的字是什么啊？"

威利慢慢地看着，仔细地读起来："上面说'大家都有份'。谁都有份，鼹鼠，这里有……谷物、玉米、小麦和黑麦，都是为我们准备的。还有盐糕，是给红鹿的。还有菜园里所有的蔬菜，有三叶草、蓝草和荞麦。全都是新鲜的，而且都洗得干干净净，上面没沾一点泥土。而且还为松鼠和金花鼠准备好了坚果，他们都开始吃了。鼹鼠，如果你不介意的话，请谅解我一下，我也想一起吃了。"

然后，威利就和堂兄弟们一起吃了起来，他们都很喜欢吃谷物。阿纳达叔祖看上去有些滑稽，他正交替着往嘴里塞三叶草和胡萝卜。一旁的百奇正兴奋地吃着荞麦，连夹在里面的一根小树枝都一起吃掉了，他的一只耳朵耷拉着，这样让他看起来十分奇怪。

到处都是嘎嘣嘎嘣的咀嚼声。那家人安静地坐在那里，男人的烟管一上一下有规律地动着，夫人轻轻地抚摩着马尔登的下巴。红鹿舔着盐糕，直到嘴唇都沾上了厚厚的一层，就像泡沫一样，他大口大口地喝着池里的水，甩了甩头，满意地大哼了一声。当大家都吃完之后，威利把皮带松了两个孔，他柔软的皮毛下面那个小胃看起来肿胀得惊人。

红鹿庄严而缓慢地绕着菜园散起步来，母鹿和小鹿跟在他后面；其他动物也顺从地跟着他们排成队伍；紧跟着的是菲威和灰狐狸，他们并肩走着；紧随其后的是摇摇摆摆的百奇和阿纳达叔祖；然后是兔爸爸和兔妈妈，小乔治在他们中间，手臂挽在父母的脖子上；野鸡和他的妻子装腔作势地走着，像是在坐摇椅似的，月光下的羽毛泛着微微的金铜色；接下来就是田鼠一家了，还有浣熊和袋鼠，灰松鼠和红松鼠；在他们的后面，花园的最边上，大家看见地面抖动着，有什么东西在地底下移动，原来是鼹鼠和他的三个兄弟。

他们的队伍庄严而缓慢地围着菜园转圈，直到他们重新回到圣人那里。红鹿又吼了一声，意思是叫大家都注意，他要讲话了。

"我们吃了他们的食物，"红鹿声音响亮，感动地说道，"我们吃了他们的盐，喝了他们的水，都是好吃的食物。"他甩了甩那威严的头，看着菜园的方向说道，"从现在起，这里就是禁地了。"他用蹄子轻轻地敲着地面继续说，"有谁有意见吗？"

四周一片安静，没有人反对。最后，阿纳达叔祖突然问道："那些讨厌的毛毛虫呢？他们一点法律也不懂，也不知道什么规定。"

总是慢半拍的鼹鼠把手肘放到地面上，笑着说道："我们会巡逻的。我和我的兄弟们，会日日夜夜地依次在这里巡逻。当然我们也狩猎，这里是不错的狩猎地点，我有一次抓到四条猎物呢。"

小动物们吃完食物并且收拾好一切之后，全都走下山。月亮终于也落到松树下面去了。他们都感到很快乐，依依不舍地互相道别，回到了自己的家里。兔妈妈的两只胳膊上各自挎着一个小篮子。"明天喝汤！"她开心地说道，"莴苣豆蔓汤，从今天开始，以后每天都可以喝到这样的汤。"

　　阿纳达叔祖清了清嗓子说："客房没有人住吧？"他有点不好意思地说道，"要是空着的话，我可以再来住，百奇是个好人，在他那里一切都好，但是他的洞穴里总有一股发霉的味道，很大的霉味，整个洞都可能是发霉的，而且他的厨艺……"

　　"当然！你随时都可以搬过来住，阿纳达叔叔。"兔妈妈笑着说，"房间跟你离开的时候一样，我每天都会打扫。"

　　小乔治高兴地转着圈跳着，对兔爸爸喊道："周围又有狗来吗？"

　　"我了解到好山路那儿新来了两条雪达犬。"兔爸爸回答道，"听说他们很能吃，而且能力不错。等你休息几天，再修养一下，我们一起帮他们锻炼一下身体。"

　　"我随时都可以，"小乔治高兴地说道，"什么时候都可以。"他高高地跳向空中，并且在空中轻轻地敲了自己的脚踝三下，向兔爸爸、兔妈妈和阿纳达叔祖展示着他极好的身体，"我很好啊！"

　　夏天的每个晚上，善良的圣人石像周围都摆满了大餐，每天早晨又会被打扫得干干净净。每晚，红鹿、菲威和灰狐狸轮流巡逻，他们监视着流浪的掠夺者，鼹鼠和他矮胖的兄弟们也都忠诚地巡视着。

　　整个夏天，兔妈妈和其他主妇都在清理储存室，准备着冬天的食物。山里再一次有了派对和狂欢，到处都充满欢声笑语。哦，好日子又回来了！

　　蒂姆大惑不解地看着这片丰收的菜园，惊叹地说道："路易，我简直不敢相信。这新来的邻居，他们的菜园没有一点围栏，没有陷阱，也没有毒药，什么也没有。但是竟然没有任何东西被破坏，一点也没有。你看看，菜园里面连脚印都没有，甚至连毛毛虫都没有。

第四章

而我呢！我把能用的办法都用上了，围栏、陷阱、毒药。很多时候，我还在大半夜起来拿着枪守夜，但是结果怎么样呢？我的胡萝卜全都没有了，甜菜和卷心菜也失去了一半，西红柿被踩得稀烂，草坪也被鼹鼠糟蹋得一塌糊涂。十字路口的胖大叔那儿还养着狗，但是他连一根玉米也没留下，他所有的生菜和芜菁全都没有了。我简直无法理解，那一定是新来的邻居运气好啊！"

"一定是，"路易同意地说道，"一定是那样。说不定，还有什么其他的原因。"